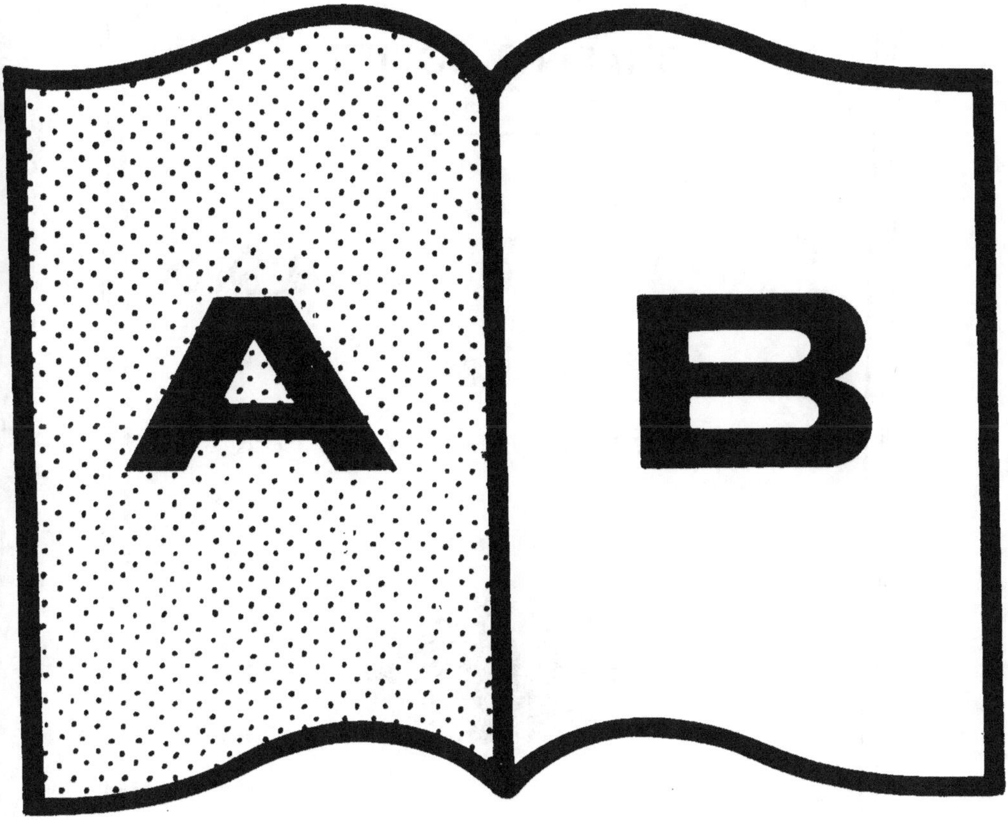

Contraste insuffisant

NF Z 43-120-14

CHARLES JOLIET

TROIS HULANS

ODYSSÉE

DU CAPITAINE KARL SIFFER

PARIS

E. DENTU, ÉDITEUR
LIBRAIRE DE LA SOCIÉTÉ DES GENS DE LETTRES
PALAIS-ROYAL, 17 ET 19, GALERIE D'ORLÉANS

TROIS HULANS

Paris. — Imp. de E. Donnaud, rue Cassette, 9.

CHARLES JOLIET

TROIS HULANS

ODYSSÉE

DU CAPITAINE KARL SIFFER

PARIS

E. DENTU, ÉDITEUR

LIBRAIRE DE LA SOCIÉTÉ DES GENS DE LETTRES

PALAIS-ROYAL 17 ET 19, GALERIE D'ORLÉANS

1872

A MONSIEUR PAUL DALLOZ.

Son collaborateur et compatriote,

CHARLES JOLIET.

AU LECTEUR.

Vous qui avez connu l'intelligent, le beau Paris, frivole, capricieux et mondain, Paris que ses ennemis appellent la Capoue de l'Europe, ses jaloux la gare de l'univers, et les poëtes la Ville sainte, vous l'avez vu, comme Don Juan, l'épée à la main devant la statue du Commandeur.

Aujourd'hui, il a affaire à M. Dimanche, créancier toujours inexorable. Mais Paris n'est point un boutiquier en faillite qui sollicite un concordat, et cherche à se refaire lentement par une vie parcimonieuse. C'est un grand seigneur ruiné qui reçoit galamment la mauvaise fortune ; il porte l'adversité sans courber la tête et sans plier les jarrets.

M. Dimanche, de par la force armée, est entré dans l'antichambre de son hôtel ; il est sorti piteusement sans avoir été admis au salon, et Don Juan lui a dit avec un mépris qui n'était pas mystérieux : « *En 1806, je vous ai jeté par les fenêtres. On va* » *vous payer, allez-vous-en.* »

Don Juan est blessé, mais il respire encore, et la convalescence ne sera pas trop longue. Ce n'est pas un de ces malades hypocondriaques qui se condamnent au régime. C'est un corps énergique, nerveux, plein de ressort, qui se relève comme il s'abat, d'un seul coup.

Hier, Paris était cette courtisane qui donnait une heure de plaisir en échange d'une poignée d'argent. Platon lui-même se comptait au nombre de ses familiers. Chez elle, comme dans un salon neutre, se coudoyaient les aristocraties, tout ce qui avait un grand nom, une grande richesse, une grande intelligence. Il fallait payer de noblesse, de fortune ou de talent pour être un de ses favoris. Bonne fille, d'ailleurs, porte ouverte et ceinture dénouée pour qui montrait un blason, une bourse d'or ou un sonnet. Vous l'avez connue, vous l'avez aimée. Avouez que vous l'aimez encore.

Imaginez une folle jeune femme que vous retrouveriez après une courte absence, vêtue de deuil, froide et sérieuse. Vous êtes de ses amis. Vous apprenez qu'elle a subi les privations de la faim, les dangers de la guerre, et qu'après avoir supporté ces épreuves avec constance, elle a vu sa demeure incendiée, sa fortune compromise, sa vie menacée par ses propres enfants.

C'est Elvire, les traits pâlis, les cheveux dénoués et les yeux pleins de larmes. On se prend à la considérer, à la trouver belle dans sa douleur, d'une beauté étrange à la saveur pleine d'amertume. Une fois déjà, elle avait été violée comme un cadavre, et elle venait encore d'être brutalisée par ce même soudard qu'elle avait cravaché.

La voilà donc, dédaignée peut-être de sa cour d'adorateurs esclaves. Et pourtant, elle porte noblement son deuil. Si elle est triste et un peu pâle, elle retrouvera bientôt sa cour d'amour et de plaisir son esprit facile et sa bonne humeur. C'est toujours l'adorable reine de cent peuples tributaires. Sa couronne de roses est fanée, mais il lui reste un pur diadème qui rayonne à son front de tous les feux du génie. C'est de sa tête que partent les volontés souveraines et le mot d'ordre de l'humanité en marche. C'est dans sa chaude poitrine que bat le cœur du monde. Souvenez-vous, et vous qui entrez, apportez-lui l'Espérance.

La France ne veut pas s'attrister. Comme Don Quichotte, à peine remis de ses blessures sans nombre, si quelque opprimé a besoin de son épée, pour peu qu'on l'en prie, elle est capable de la mettre au vent. Et nous la verrons un beau jour, forçant les géants épais à cuver leur ivresse lourde de chou- croûte et de bière, et à déclarer que la plus belle, c'est Paris sa mie, la Dulcinée du Toboso.

CHARLES JOLIET.

TROIS HULANS

ODYSSÉE DU CAPITAINE KARL SIFFER.

PROLOGUE.

Le château de Dompierre. — Les fantaisies du capitaine Karl
Siffer, hulan. — La Fourmi rouge.

— Un hulan!... dit le domestique de service dans
l'antichambre, comme s'il annonçait un visiteur.

Le marquis de Dompierre, qui faisait une partie d'é-
checs dans le salon de son château de Touraine, releva
la tête.

— Ouvrez la grille, dit-il froidement, et voyez ce
qu'il veut.

Sur ces mots, le marquis continua la partie com-
mencée avec le curé.

C'était, en effet, un hulan, avec sa lance à la flamme
blanche et noire.

Il marchait seul, au pas, suivant le milieu de la
longue avenue qui aboutissait au double perron.

Le hulan s'arrêta à quelque distance de la grille,
comme pour admirer l'élégante architecture du château de Dompierre.

C'était une habitation seigneuriale de la Renais-
sance avec ses pavillons carrés, ses grilles et ses bal-
cons capricieusement ouvragés comme une dentelle
d'acier, ses toits bleus en trapèze dominant les frondaisons massives des ormes séculaires auxquels les
premiers vents d'hiver arrachaient leurs feuilles tein-
tées par l'automne.

Quelques minutes s'écoulèrent. Un deuxième hulan
déboucha par un chemin de traverse, puis un troisième, un quatrième, et enfin deux ou trois petits
groupes d'autres cavaliers apparurent à court intervalle à l'angle de la route de Blois, enfilèrent l'avenue
comme des volées de flèches, et s'arrêtèrent autour de
celui qui s'était présenté le premier.

Bien qu'il fût leur chef, il ne portait aucun insigne.
Son costume de drap gros bleu, ses bottes épaisses,
son shapska de cuir bouilli étaient de tout point semblables à l'uniforme de ses compagnons.

— Attendez ici, dit-il en poussant son cheval.

Arrivé devant la grille, il mit pied à terre et attacha
le cheval à un barreau.

Karl Siffer, capitaine d'une compagnie d'éclaireurs
libres, était un jeune homme de vingt-six ans. Des
cheveux d'un blond de lin encadraient son visage
blanc et rose comme celui d'une miss. Une moustache
dorée, fine et soyeuse, s'éparpillait aux coins de la
bouche d'un rouge saturne. Il avait le front bien

coupé, mais plat, le nez droit, le menton bombé et aigu à la base comme un fer de hache, le masque carré, les maxillaires solides. Les yeux d'un bleu clair, qui jetaient un feu de saphir, offraient une particularité. L'iris était cerclé d'un anneau jaune d'or. La prunelle étincelante se contractait et se dilatait comme la lentille d'un chat, et le bleu et le jaune se confondant semblaient lancer des éclairs de l'orbe pailleté de facettes métalliques comme celui des fauves. A première vue, l'expression générale des traits au repos avait quelque chose de séduisant; mais, pour un disciple de Lavater, ces yeux, ce masque félin révélaient le tigre, et le sourire juvénile n'effaçait pas le rictus des lèvres.

Grand et élancé, épaules larges, taille fine, poitrine bombée comme une cuirasse, reins souples, bras énormes, jambes sèches et nerveuses, longs pieds familiers avec le roulis et longues mains capables de manœuvrer une rame sans toucher la paume, type de cette race divine sur la mer, fourbe, cauteleuse, rapace et pillarde sur les continents, tel apparaissait cet échantillon des ennemis de la race latine, la *Fourmi rouge*, qui réduit en esclavage la *Fourmi noire*.

Le capitaine de hulans avait mis pied à terre.

Après avoir étiré ses jambes d'échassier pour leur rendre leur souplesse de caoutchouc, il se remit d'aplomb, **monta, roide comme un piquet, les marches** du perron, et ouvrit la porte vitrée qui donnait accès dans le vestibule.

A la vue du domestique en grande livrée, collé à plat contre la porte du salon, il lui fit un signe impératif.

Comme le gardien galonné continuait à l'observer dans la même attitude, il fit rapidement deux pas, le saisit au col et à la ceinture et le jeta dans les vitres.

Au bruit des éclats de verre brisé, la porte du salon s'ouvrit, et le marquis apparut sur le seuil.

— Qui êtes-vous?

Le hulan salua avec un sourire et, sans tourner la tête, désigna du geste les cavaliers qui stationnaient dans l'avenue, à quelques pas de la grille.

— Parlez-vous le français?

— Parfaitement, monsieur.

— Que désirez-vous?

— A manger et à boire pour mes hommes et mes chevaux... Café, deux bouteilles de vin et six cigares par homme, déclina le capitaine, comme une litanie familière.

— Soit, monsieur, dit le vieillard, il sera fait selon vos ordres. Je ne vous demanderai aucune faveur, mais je tiens expressément à ce que vous vous renfermiez dans la mesure et la stricte limite des droits du vainqueur, comme moi dans ceux du vaincu.

— C'est sans doute à monsieur le marquis de Dompierre que je parle?

Le marquis fit un signe affirmatif.

— Eh bien, monsieur, je vous préviens que j'ai des notes exactes; je connais la mesure et la limite de mes droits, et je compte n'en pas sortir. Je vous parlerai clairement, dans votre langue, si claire que nous l'employons souvent en Prusse dans nos relations diplomatiques. Il est même surprenant que vous autres, les Français, qui êtes si braves, vous vous sauviez comme des troupeaux de moutons, et qu'ayant une langue si admirable, vous la compreniez de travers.

— Vous voyez, monsieur, que je ne me sauve pas, et je vous comprends fort bien.

— Reste à savoir si nous nous entendrons jusqu'au bout.

Il tira un carnet de sa poche et poursuivit :

— Vous habitez ici avec votre fille Jeanne, dix-huit ans; votre petit-fils, le vicomte Arthur, cinq ans; et votre bru, Mme la comtesse de Ravigny, vingt-deux ans... Votre fils aîné, le comte de Ravigny, fait la guerre; il a organisé les gens du château, les gardes et les paysans en corps francs. Votre fils cadet est avec Charette dans les zouaves pontificaux. Il ne doit rester ici, d'après mes renseignements, que le portier, le jardinier, le cuisinier, un aide, votre valet de

chambre et quatre ou cinq femmes au service du château.

— Vos renseignements sont exacts.

— Nous sommes très-bien informés. On nous accuse d'avoir des espions partout. C'est un moyen de
guerre, et très-régulier. C'est pure jalousie que de
nous reprocher la supériorité de nos informations,
d'autant plus qu'elles nous viennent pour une part de
source française.

— Je ne tiens pas à discuter ces questions.

— Je n'y tiens pas non plus. Je constate des faits.
Vous m'avez parlé des droits du vainqueur. Ne vous
impatientez pas encore, monsieur. Mon droit est de
vous rendre le reste de la monnaie que la Prusse vous
doit depuis 1806 avec les intérêts calculés. Mon droit
est de faire passer par les armes tous les habitants de
ce domaine, pour avoir armé vos serviteurs, vos gardes, vos paysans, qui n'ont pas le titre de belligérants, et de piller votre château avant de l'incendier.
Droit de guerre, monsieur, et devoir de bon Prussien,
avec Dieu et le roi, pour la patrie. Contestez-vous?

— Je ne conteste pas la force.

— C'est politique. Maintenant, toute désobéissance
à ma volonté entraînera une exécution immédiate en
vertu de mes pouvoirs discrétionnaires. Choisissez.

Le vieillard fit un signe d'acquiescement.

— Bien. Permettez-moi donc de vous faire observer que nous causons dans une antichambre, et que

c'est une façon assez originale d'entendre l'hospitalité.

— Je subis l'étranger, je ne puis l'accueillir.

Sur ces mots le marquis fit place, et le hulan entra dans le salon.

Il salua les deux jeunes femmes avec une courtoisie qu'il croyait triomphante, cueillit des fleurs dans une jardinière et les leur offrit.

Elles avaient entendu la conversation qui venait d'avoir lieu. Elles échangèrent un regard et acceptèrent les fleurs que le singulier visiteur leur présentait à l'extrémité de chacune de ses longues mains.

— Madame, dit-il à la comtesse, votre mari est chef d'un corps irrégulier. Je crois que c'est lui ou quelqu'un de sa troupe qui m'a tiré ces jours derniers, par un beau clair de lune, dans les environs de Blois. Il se bat admirablement bien. Si je le prends, il sera pendu. Quant à votre frère, mademoiselle, qui est avec Charette, il a été blessé près de Marchenoir.

— Si on tue papa et mon oncle, dit l'enfant d'un air sérieux en fixant ses grands yeux humides sur le hulan, je tuerai les Prussiens.

Les deux femmes, par un mouvement spontané, embrassèrent le bébé, et firent quelques pas pour s'éloigner avec lui.

— J'ai le droit de parler en maître, mesdames, reprit le hulan en s'allongeant sur une dormeuse, et je désire que vous me teniez compagnie.

Elles reprirent leurs siéges.

— Je dînerai dans deux heures. Vous voudrez bien assister à ce repas, ainsi que le maître de la maison.

Le marquis, sans répondre, reprit sa place en face du curé en disant :

— Vous étiez en échec.

La tristesse régnait au château de Dompierre, et les informations du capitaine des hulans étaient exactes. Le comte de Ravigny, fils aîné du marquis, tenait la campagne avec une poignée de volontaires qu'il avait rassemblés, et son jeune frère avait été blessé dans la forêt de Marchenoir.

Le marquis n'avait pas voulu quitter sa demeure, asile toujours ouvert aux défenseurs isolés et aux éclaireurs de l'armée de la Loire.

Malgré ses supplications pressantes, ni sa fille, ni sa bru n'avaient consenti à le quitter et à s'éloigner seules. Rien ne put changer sa résolution.

En ce moment, sa patience était soumise à une rude épreuve, mais il eut le courage de la supporter jusqu'au bout en songeant à son petit-fils. Son adoration pour l'enfant était doublée par la cruelle pensée qu'il était le dernier espoir de sa race et de son nom si ses deux fils succombaient.

Comme le curé annonçait *mat*, le hulan coupa court à sa conversation avec la comtesse et Jeanne.

— Je n'ai pas voulu interrompre votre partie, dit-il au marquis, mais il faut que je change de bas. C'est un besoin que j'ai constaté ce matin, en traversant un joli ruisseau qui coule dans cette propriété.

Le bébé ne le quittait pas des yeux et l'observait, debout devant lui.

— Tu vas ôter tes bottes? dit-il avec une gravité enfantine.

— Oui, mon petit amour.

— Devant grand-papa?

— Oui, devant tout le monde.

— C'est vilain, n'est-ce pas, maman?

— Arthur, taisez-vous.

— Il est charmant, madame..... Monsieur le marquis aurait-il la complaisance de me débotter? ajouta le guerrier prussien en allongeant une de ses jambes.

Il y eut un silence.

— Ce soin me revient, dit le curé. J'ai fait vœu d'humilité chrétienne.

— Mes bottes sont protestantes, objecta le hulan en veine d'esprit à la mode d'Allemagne.

Jeanne s'approcha avec vivacité.

— Monsieur, dit-elle, vous est-il indifférent que je vous rende ce service?

— Moi, plutôt, ajouta la comtesse.

4.

— Je n'ai rien à vous refuser, mesdames, chacune aura la sienne.

Si, en cet instant, le hulan avait pu deviner ce qui se passait dans le cœur de Jeanne, il y aurait lu son arrêt de mort.

Le valet de chambre avait apporté une paire de bas.

Jeanne prit le talon de l'énorme chaussure dans ses mains patriciennes, la comtesse l'imita.

L'opération terminée, le marquis embrassa l'enfant, qui regardait cette scène.

— Pourquoi maman et ma tante Jeanne ôtent-elle les bottes du soldat, puisqu'il n'est pas blessé, dis, grand-papa?

— C'est pour l'amour de toi, cher enfant.

— Cela va très-bien, dit le hulan en se levant comme un automate. Monsieur le curé voudrait-il faire une partie d'échecs avant le dîner ?

— Je suis à vos ordres, répondit le curé en rangeant ses pièces.

Les premiers coups s'échangèrent en silence.

— Ah! ah! dit Karl Siffer, voici les hulans qui caracolent dans mon jeu comme dans une boutique de porcelaine. Je prends le hulan et je vous donne le fou.

Après une série de coups rapides, le curé fut mat.

— Vous jouez aux échecs comme les Français à la

guerre. Vous attaquez sans assurer la retraite et vous
laissez vos pièces en route. C'est un Sadowa. Si vos
officiers étudiaient ce jeu au lieu de jouer aux cartes,
ils comprendraient peut-être que la stratégie est la
combinaison des forces, et que tout dépend du calcul
et de la manœuvre. L'infanterie française est supérieure, mais dans les combats engagés au canon, elle
est paralysée. Une caricature de Berlin représente un
troupeau de lions commandés par des ânes. C'est
l'histoire de vos armées. Nous les avons encadrées à
Sedan, à Metz et à Paris. Cela s'appelle un mat étouffé.
Quant à ce que vous appelez l'armée de la Loire,
c'est une agglomération d'hommes mal armés, mal
équipés, indisciplinés, errant lamentablement à l'aventure, accusant leurs chefs de trahison ou d'incapacité,
pour avoir le prétexte de se replier en désordre.

— Mais, dit le curé avec une douceur ironique, il
me semble que cette armée de la Loire vous a fait
évacuer Orléans?

— Sans doute, nous avons fait une série de mouvements en arrière, absolument comme aux échecs une
attaque trop précipitée force le joueur à reculer ses
pièces. Nous sommes revenus en force, et nous avons
Orléans. Faire la guerre pour la gloire, c'est bon pour
les fous. Il faut que la guerre rapporte quelque chose.
Vous lâchez des turcos comme des bêtes sauvages qui
viennent se faire tuer sur des batteries de canon.
Vous couvrez une retraite avec des charges de cuiras-

siers. Un général vaincu casse la tête à son cheval, et vient seul chercher une balle égarée. Un autre ouvre son uniforme et court au milieu de la bataille en disant à son état-major : « Je vais montrer à ces princes cachés derrière leurs lignes comment se bat un général français. » Un troisième, voyant reculer ses soldats, prend un fusil et crie : « Je vais vous montrer comment on fait une charge à la baïonnette. » Total : un général tué et deux blessés. M. de Moltke, dans un coin avec une carte et un appareil télégraphique, fixe des positions. Voilà un chef d'armée. Un général brave, qui risque sa vie, n'est plus qu'un simple soldat et ne compte que pour un. Avec des pièces qui portent à six kilomètres, on n'accepte pas le combat à l'arme blanche. La question est de gagner les batailles, et c'est ce que nous avons fait.

— Je suis loin de nier votre triomphe, répondit le curé, et vous venez de le consacrer bien douloureusement tout à l'heure. Je ne me connais pas bien en choses de guerre ; cependant je crois avoir une impression exacte des causes qui ont amené notre désastre. Vous aviez des masses d'hommes disciplinés et préparés de longue main à cette guerre, une artillerie nombreuse, perfectionnée, et vous avez vaincu.

— C'est bien cela, monsieur le curé, précisément cela.

— J'ai un peu étudié la politique. Je sais que l'Al-

lemagne a des qualités solides. Vos officiers sont
instruits, vos citoyens connaissent tous la manœuvre
des armes ; mais laissez-moi vous dire qu'un peuple
transformé en engin de guerre n'est point une grande
nation. Que la force écrase le droit, cela s'est vu bien
souvent, mais l'idée est supérieure à la conquête et
elle lui survit. Vous blâmez l'insouciance de nos officiers et la bravoure de nos généraux, vous parlez avec
ironie des troupeaux à peine armés et équipés, sans
artillerie, errant lamentablement à l'aventure. Convenez aussi, monsieur le hulan, qu'après un désastre comme Sedan, l'Allemagne se serait rendue à
merci, et qu'après la capitulation de Metz, elle serait
tombée à genoux. Vos prudents généraux n'auraient
pas alors songé à continuer la guerre. Il ne vous sied
pas de railler. Cette lutte inégale est la protestation
de l'idée contre la force, l'effort, fût-il stérile, d'un
peuple toujours chevaleresque contre une nation brutale et toujours inexorable.

— Ce que vous me dites n'est pas très-agréable,
répondit le hulan avec désinvolture, mais comme vous
n'avez pas d'autre consolation, je vous laisse votre
orgueil.

— Vous auriez peut-être moins de vanité si vous
aviez mieux réfléchi, monsieur le hulan. Il faut,
même dans le triomphe, un peu de modestie. La cavalerie prussienne, que je sache, ne nous a pas encore
pris de place de guerre, et je n'ai pas la prétention

de vous apprendre que Mayence a ouvert ses portes à des hussards français.

Le hulan essaya de sourire, mais il ne parvint qu'à faire une légère grimace qui donna une expression tourmentée à sa physionomie.

— Nous avons été vaincus, c'est trop vrai, poursuivit le curé avec le même calme; mais, dans les guerres d'Allemagne, pourriez-vous me citer un exemple de la résistance d'une ville ouverte, comme celles de Saint-Quentin, de Châteaudun et d'autres? Pensez-vous que Berlin, même avec des murailles, eût supporté la famine et attendu le bombardement?

— Continuez, monsieur le curé, je vous en prie.

— Certes, je continuerai, monsieur. Si vous vous étiez présenté ici par droit de guerre, on vous eût peut-être su gré de votre modération. Si la vie de deux femmes et d'un enfant n'avait pas été en jeu, vous auriez pu vous repentir d'une expérience aussi cruelle qu'inutile. Vous avez parlé de mort, de pillage et d'incendie; n'usant pas d'un droit qui est fort contestable, l'injure était sans excuse. La guerre est la guerre. Il se peut que les armées françaises aient commis des excès en Allemagne. Les soldats ne sont pas des saints. Mais nos officiers ne se font pas gloire d'un avancement plus rapide par l'espionnage. Jamais nous n'avons chargé des convois réguliers d'objets volés pour les diriger sur la France. Aucun de nos régiments, comme les illustres régiments prussiens,

ne peut s'enorgueillir du titre de *Royal-Pendule*. Par
ces considérations, j'estime que votre arrivée ici est
un fait d'armes peu dangereux, un acte de vaillance
assez négatif, et vous me permettrez de réserver mon
admiration pour une expérience plus décisive.

— Vous prêchez fort bien, monsieur le curé, et un
tel sermon aurait un grand succès dans une chaire
chrétienne. Cependant, d'après les sentiments que
vous venez de faire paraître, je crois que vous avez
manqué votre vocation. Vous auriez fait un excellent
militaire, ma parole d'honneur.

— Je ne suis plus d'un âge à faire un soldat. Chacun a son devoir à remplir ici-bas, monsieur, et si je
pensais être plus utile avec un mauvais fusil dans la
main qu'en soutenant le courage des faibles, tout
vieux que je suis, je saurais encore m'en servir pour
mon pauvre pays.

— Je croyais que la religion défendait de verser le
sang, monsieur le curé.

— Je parle et j'agis d'après ma conscience. Si je
me trompe, il n'appartient qu'à Dieu de me juger.

Karl Siffer, hulan, se croyait supérieur parce qu'il
avait le mépris de ses semblables. Sans doute il pui-
sait ce sentiment en lui-même. Il est vrai que la
terreur de la force humilie l'homme et lui retire la
moitié de son âme. Il en avait vu bien des exemples;
mais il n'était pas non plus sans avoir rencontré des
âmes mieux trempées, des hommes opposant la fer-

meté calme à ses menaces et à ses exigences. Il y avait bien quelquefois aussi un semblant de mépris au fond de l'obéissance à ses ordres. Cela, il ne le pardonnait guère, et il s'en vengeait avec cette cruauté froide qui caractérisait ses instincts de nature.

On pourrait croire que la dure leçon que venait de lui infliger le curé de Dompierre allait éveiller en lui le sentiment d'une vengeance facile ; on se tromperait. Karl Siffer avait la maladie nationale de l'Allemagne : l'*Envie*. Battu sur le premier point de la discussion, sa vanité chercha un nouvel aliment, et il revint à la charge. Il ne voulait pas rester sous le coup droit que venait de lui porter si vigoureusement un curé de village qu'il avait jugé sur son aspect débonnaire.

— Je ne sais pas pourquoi, dit-il en reprenant la parole, les Français s'obstinent à nous traiter de barbares. Comme peuple, nous sommes plus instruits que vous.

— D'accord, mais nous avons une phalange de deux ou trois cents hommes dont l'Europe entière ne ferait pas la monnaie. Vous êtes instruits, mais vous n'êtes pas civilisés, et si l'Allemagne est sortie de la barbarie, c'est à nous, c'est aux idées françaises qu'elle le doit. Je dirai plus, c'est à notre neutralité, à notre aveuglement, que vous devez cette unité qui nous écrase aujourd'hui.

— Parce que, chez vous, on ne donne pas le pre-

mier rang au mérite, mais à la faveur. Un jeune
homme qui sait conduire le *Cotillon* fera son chemin
partout, à l'armée comme dans les carrières libérales.
C'est le cas de citer un de vos écrivains comiques qui
dit : « *Il fallait des calculateurs et on a choisi des
danseurs.* » Vous nous appelez des Mohicans qui ont
été à l'École polytechnique, des soldats en lunettes.
Quand on est myope, il faut bien s'allonger la vue;
quand on veut être fort à la guerre, il faut apprendre
les mathématiques. Pour des barbares, convenez que
nous procédons avec ordre.

— Votre discipline rigide et vos opérations mé-
thodiques ont quelque chose de plus brutal que la
violence même. Vous réquisitionnez avec régularité,
vous tuez par démonstration, comme si vous étiez,
non des soldats, mais une machine aux engrenages
d'acier. Vos procédés n'ont rien d'humain, ce qui
est de l'homme vous paraît étranger. Votre conduite
en entrant ici est d'une férocité froidement calculée,
et elle serait inexplicable pour qui ne connaît pas les
instincts de la race saxonne.

— En vérité, voici un singulier reproche, dit le
capitaine de hulans en éclatant de rire. J'ai eu une
fantaisie humiliante pour ces dames, je le reconnais;
mais si des cavaliers français étaient en Allemagne
dans la situation où je me trouve en ce moment, les
officiers leur feraient la cour et les soldats chiffonne-
raient les femmes de chambre. Les Allemands, mon-

sieur le curé, ont leur bonne amie qui les attend, et ils les aiment mieux que les Françaises. Pour ma part, je les respecte généralement, par hygiène.

— Cela prouve que, même dans leurs défauts, les Français ont des qualités humaines. Sans la discipline de fer qui étreint vos soldats comme un carcan, ils n'auraient ni la courtoisie, ni la générosité des nôtres en pays conquis, tenez-le pour certain.

— Nous n'avons pas la même manière de voir sur ce sujet. Pour en revenir à la guerre, vous avez eu le premier Napoléon. Il est actuellement aux Invalides, et on ne peut commander des armées avec un cadavre ou une statue de bronze. Il est allé jusqu'à Berlin, son neveu s'est arrêté à Cassel. Avouez qu'il fallait être un empereur bien naïf pour croire qu'on allait signer la paix avec une plume de l'aigle d'Iéna. Mauvais calcul. Je vous l'ai dit, c'est une partie d'échecs. Vous auriez reçu le mat, un peu plus tôt ou un peu plus tard, sur une case ou sur une autre.

— Il y a une façon de gagner aux échecs à laquelle vos tacticiens n'ont peut-être pas songé et qui dérangerait leurs calculs.

— Laquelle?

— C'est de prendre le damier et de le casser sur la tête de son adversaire. On a déjà vu des parties finir de cette manière.

Le hulan fit encore une grimace.

— Votre raisonnement, dit-il après un silence,

repose sur une hypothèse. L'armée de Metz avait devant elle l'armée du prince Frédéric-Charles, et il
fallait faire une trouée dans un mur de deux cent
mille hommes. Comme elle ne s'est pas réalisée, je ne
considère que les faits. Quand on veut aller à Berlin
en passant sur un million d'hommes, il faut avoir
beaucoup de soldats, et vous n'en aviez que le quart
du nombre.

— La France entière a été trompée.

— Oui, elle a été trompée par des incapables. Un
de vos ministres avait bien compris cette nouvelle
guerre. La garde mobile vous donnait un nombre égal
de combattants, infanterie et artillerie. Celui qui l'a
remplacé n'a rien trouvé de mieux à faire que de détruire l'ouvrage de son prédécesseur. Cela résultait
de votre situation politique. L'empereur Napoléon
savait bien qu'en donnant des fusils et des canons à
un million de Français, il pourrait vaincre l'Allemagne, mais il savait bien aussi qu'il serait renversé
du trône avant de déclarer la guerre.

— Ceci me semble exact et logiquement raisonné,
dit le curé en prenant une prise.

— Ah! ah! s'écria le hulan dans un accès de vanité
naïve, vous en convenez?

— Oui.

— Vous reconnaissez donc que vous n'étiez pas
prêts. Cependant, depuis Sadowa, vous deviez savoir
qu'il était inévitable de se battre un jour ou l'autre.

— Sans doute.

— Eh bien, puisque nous avions consenti à retirer la candidature du prince de Hohenzollern, il fallait se contenter de cela, gagner du temps et se préparer. Alors vous auriez pu parler haut et ferme. Vous ne l'avez pas fait. Votre ambassadeur a pris ses portefeuilles et est monté en chemin de fer, votre ministre des affaires étrangères est monté sur de grandes phrases, votre ministre de la guerre est monté sur son grand cheval de bataille, et vous avez été échec à Sedan, échec à Metz, échec sur la Loire. Vous serez échec dans l'Est, échec dans le Nord, échec partout, et mat à Paris.

— C'est ce que l'avenir nous dira. En attendant, si j'avais à formuler mon jugement sur les hommes et les choses, je le ferais avec plus de sévérité que vous.

Le hulan ne put retenir un mouvement de surprise.

— Je vous étonne ? poursuivit le curé.

— Assurément.

— Je ne suis point un diplomate, mais je crois avoir un peu de sens commun. Les paroles sont fort belles, mais il faut les appuyer par des actes. La France ne pouvait livrer deux de ses provinces, deux de ses enfants héroïques, sans avoir tenté les derniers efforts, mais il y a des tempêtes où la boussole est un poids inutile sur le navire, il y a des crises où la politique et la diplomatie sont des mots vides. Quand

il fut reconnu que la force avait dit son dernier mot,
il fallait se résigner aux sacrifices.

— Et qu'auriez-vous fait? interrogea le hulan, qui
marchait de surprise en surprise en écoutant ces
révélations inattendues.

— Ce que j'aurais fait? J'aurais pris la carte de
France. Je l'aurais placée ouverte sous les yeux du
vainqueur et je lui aurais dit :

« Je ne vous cède rien, vous prendrez ce que vous
voudrez. Nous verrons jusqu'à quel point l'Europe
permettra le démembrement de la France. Il y a des
engagements d'honneur entre les peuples comme
entre les individus. Vous avez fait la guerre à Bo-
naparte, la France vous demande la paix. Décidez.
Si vous nous faites des conditions honorables,
nous saurons les apprécier; mais si vous nous
imposez l'humiliation, que nous n'avons pas méritée,
nous en garderons le vivant souvenir jusqu'à la dernière génération. Le volcan révolutionnaire soulève
le sol de l'Europe et fait trembler tous les trônes.
Vous avez un voisin redoutable, la Russie. Un jour,
qui n'est pas loin peut-être, vous reconnaîtrez que la
modération est la forte politique, et qu'il est dangereux d'allumer une implacable haine dans le cœur
d'un ennemi vaincu, d'un peuple généreux entraîné
dans une guerre funeste pour l'intérêt d'un homme. »

— Et pensez-vous que, dans l'éventualité d'une
guerre entre l'Allemagne et la Russie, nous aurons

la sympathie des Français? A quoi nous aurait servi la générosité? A laisser derrière nous un ennemi plus fort. Le meilleur pour nous est de rendre la France anémique, de la reléguer au rang des puissances de second ordre, de la réduire pour longtemps à l'impuissance de nous nuire, et de lui ôter le désir de recommencer la guerre contre nous.

— Libre à vous de penser ainsi, mais si dures que soient les conditions qui nous seront imposées, ce but ne sera pas atteint. Si nous sommes sages, si nous savons profiter des rudes leçons que nous inflige la Providence, nous sortirons régénérés de cette épreuve. Vaincus, nous serons encore braves; ruinés, nous serons encore riches; démembrés, nous serons encore la France. C'est encore elle qui donnera le mot d'ordre de l'humanité en marche, c'est dans sa poitrine que battra le cœur du monde.

— On ne domine pas le monde avec des artistes. Rome l'a prouvé à la Grèce.

— Vous n'êtes pas les Romains, et si Paris est Athènes, l'heure de sa chute n'est pas encore sonnée.

— La France a eu le tort de proclamer la déchéance d'un souverain issu du suffrage universel, et de disperser la Chambre de ses représentants. On ne fera pas la paix avec un gouvernement provisoire et l'Allemagne voudra des garanties. En France, on croit qu'il suffit d'improviser une République pour faire une révolution en Europe. Quand vous aurez perdu deux provinces frontières, que vous aurez payé les frais de guerre, que votre territoire sera occupé par les armées allemandes, nous verrons ce que fera votre République.

— Je l'ignore, mais sans être partisan de cette forme de gouvernement, du moins dans ses applications et ses visées actuelles, je ne puis m'empêcher de reconnaître que c'est une formule magique. Elle est d'ailleurs le seul terrain neutre sur lequel les partis peuvent se rassembler et s'entendre. Après la banqueroute impériale, il vaut mieux que les syndics soient des républicains pour terminer la liquidation.

A cet endroit de la conversation, le domestique ouvrit la porte et annonça que le dîner était servi.

Karl Siffer se leva et passa dans la salle à manger.

Le repas fut presque silencieux. Seul, le curé avait l'abnégation de répondre au capitaine des hulans, qui émettait par intervalle des observations sur les mets ou les vins. Il ne paraissait pas disposé à reprendre le cours de la discussion interrompue.

Vers le milieu du repas, il sortit un instant pour s'assurer que ses hommes avaient reçu leur distribution de vivres. Ses ordres s'étaient exécutés avec une telle largesse par les domestiques du château, que la moitié de sa troupe n'aurait pu remonter à cheval. Il recommanda à deux sous-officiers de veiller à la consigne et de prendre les mesures pour relever les sentinelles.

Ces choses réglées, il vint reprendre sa place à table, et se mit en devoir de rattraper le temps perdu. Il mangea une quantité de viande capable de rassasier trois hommes et but un nombre suffisant de bouteilles pour le faire chanceler, mais la capacité de son estomac lui permettait sans doute de résister, et il émit cette plaisanterie tudesque que son crâne était un couvercle en fer-blanc.

Au sortir de table, il demanda à Jeanne si elle connaissait la musique de Beethoven dont il voyait un cahier sur le piano. La jeune fille répondit qu'elle la connaissait, et il l'invita à en exécuter un morceau.

Jeanne obéit passivement à ce désir, ou plutôt à cet ordre de leur singulier hôte.

Elle s'assit au piano, muet depuis le jour de la déclaration de guerre, ouvrit le cahier au hasard, exécuta un morceau, puis se leva pour reprendre sa place auprès du marquis.

— Vous avez joué cette musique sans la comprendre, comme une pensionnaire qui mérite un prix de piano, dit le hulan que le dîner semblait mettre en belle humeur.

Il s'assit à son tour, ferma le livre, et exécuta le même morceau.

Incontestablement, le capitaine Karl était un artiste. Quand les dernières notes s'éteignirent, il alluma un cigare et dit :

— Voilà, mademoiselle, comment il faut jouer une sonate du vieux sourd.

Sur ces mots, il quitta le salon en saluant militairement la compagnie.

La soirée était tiède et calme.

Le château se profilait en noir sur le ciel pur, éclairé par une belle lune qui faisait scintiller les toits bleus.

Il se promena en fumant le long de l'avenue, au bout de laquelle se détachait la silhouette immobile d'un hulan en sentinelle.

Un deuxième veillait à la grille.

Les autres cavaliers, cuvant leur vin, dormaient tout habillés sous un hangar ouvert. A quelques pas, leurs chevaux au piquet étaient couchés en plein air au milieu de la cour.

Après avoir jeté un coup d'œil sur cette installation primitive, il passa à l'écurie donner une caresse amicale à son cheval, qui se releva en hennissant à l'approche du maître et saisit délicatement le morceau de sucre qu'il lui présentait.

Ces soins pris, il regagna le vestibule et se fit conduire à la chambre préparée pour le recevoir.

Jeanne était partie à cheval dans la matinée. On avait appris la veille que les Prussiens étaient à Blois, et leurs éclaireurs avaient été signalés. Accom-

2

pagnée d'un domestique, elle avait exploré les alentours. En rentrant, elle avait remplacé son costume d'amazone par une robe de soie noire.

Quelques heures après son retour, les hulans sillonnaient la campagne environnante.

Quand elles se retrouvèrent seules dans leurs chambres qui communiquaient ensemble, la comtesse de Ravigny et Jeanne en verrouillèrent les portes.

— Je sais le nom de cet homme, et j'espère qu'il ne m'échappera pas, dit la jeune fille en déposant sur la cheminée un revolver microscopique qu'elle portait toujours avec elle dans ses excursions.

C'était un joujou d'ivoire, mais dont les petites olives donnaient la mort.

— Pas d'imprudence, Jeanne.

— Sois tranquille, Berthe, je saurai attendre.

— Je me sens bien triste. Bonsoir, chère enfant.

Toutes deux effleurèrent le front du petit Arthur qui dormait comme un ange.

Le chef des hulans occupait la chambre du comte de Ravigny. Elle était meublée avec le luxe d'un grand seigneur et le goût d'un artiste.

Karl Siffer jeta un regard distrait à la bibliothèque, et admira avec envie une belle panoplie, disposée entre deux panneaux représentant des sujets de chasse.

Il prit une poignée de cigares dans le séchoir et

dégusta les liqueurs renfermées dans un cabaret d'é-
bène.

Vaincu par la fatigue de la journée et par les premières vapeurs de l'ivresse, il se disposa à prendre
du repos, en se demandant s'il ne ferait pas fusiller
le curé de Dompierre. A cette idée, il laissa échapper
un ricanement sec qui lui était particulier, et comme
si l'écho de sa propre voix dans cette chambre soli-
taire lui avait donné la fièvre de la peur, il s'approcha
de la croisée. La vue du feu de bivouac allumé dans
la cour l'ayant rassuré, il s'endormit bientôt d'un
sommeil de plomb.

Le lendemain, après avoir fait honneur au déjeuner
qu'il avait demandé la veille pour six heures du matin, il jeta un regard à la glace et, s'étant admiré, il
remarqua deux miniatures dans un ovale de cristal
cerclé d'or.

C'étaient les portraits de Jeanne et de la comtesse de
Ravigny.

Après les avoir examinés, il les glissa dans sa
poche avec un sourire d'intime satisfaction.

Ce principe traditionnel, que la guerre doit rap-
porter quelque chose, étant ainsi consacré, il prit
un diamant qu'il portait au doigt, autre témoignage
de sa gloire, et voulant laisser à ses hôtes un souvenir, il grava sur la glace cette inscription commé-
morative de sa visite au château de Dompierre :

Karl Siffer, hulan.

Décembre 1870.

Sa troupe était rassemblée sous les armes devant la grille. Il descendit.

Avant de s'éloigner, il eut une dernière fantaisie. Il déchargea son revolver dans les fenêtres du premier étage, habité par Jeanne et la comtesse; puis, ayant renouvelé les cartouches, il donna le signal du départ.

Le capitaine Karl Siffer était certes un hulan original et plein de fantaisie. Quelques traits de son histoire suffiront à expliquer son caractère.

Fils de pauvres paysans du Nord de l'Allemagne, il dut à une circonstance particulière l'éducation supérieure réservée aux enfants gâtés de la naissance et de la fortune. A l'heure où la misère réduisait ses parents à émigrer en Amérique, le hasard lui donnait la clef d'or qui ouvre la porte de fer des déshérités.

Un professeur de sciences de l'Université de Berlin, M. Claude Wacksmuth, fut exilé, pour une série d'articles démocratiques, dans l'obscur village où végétait le futur capitaine de hulans.

Jusque-là, son éducation s'était bornée à battre ses camarades plus faibles et à martyriser les animaux. A première vue, le savant flaira une étude, et recon-

nut un pur rejeton de cette race qui résume les instincts et les appétits du tigre et du singe, échantillon
choisi de la tribu des *Fourmis rouges* saxonnes destinées à opprimer les *Fourmis noires* latines. Il l'a-
dopta, l'éleva et l'instruisit, cultivant son corps et
son esprit comme une plante vivace qui renferme un
poison.

C'était un sujet digne d'occuper les loisirs forcés
que lui faisait la politique. Il savait que les instincts
de nature sont indestructibles, mais qu'ils peuvent
être déplacés ou dirigés, et il voulait constater, par
cette expérience, l'influence de la culture physique,
intellectuelle et morale sur un être sauvage, destruc-
teur et malfaisant. A vingt ans, il put voir, au physique, un homme fort comme un singe des bois, habile aux armes, chasseur féroce, domptant les chevaux et nageant comme un requin. Au point de vue
intellectuel, il était familier avec les langues mortes
et vivantes par une faculté extraordinaire d'assimi-
lation, versé dans l'étude des sciences et des arts, de
l'histoire et de la politique.

Son maître, rentré en grâce, le fit attacher à
une expédition scientifique d'exploration autour du
monde qui dura trois années. Il passa ensuite trois
autres années à sillonner la France avec une mission spéciale, jusqu'au jour où la guerre lui ouvrit
un nouvel horizon dans sa carrière de capitaine de
hulans.

2.

Les Prussiens ont cette qualité de savoir utiliser leurs instruments. Ils n'envoient pas les lièvres à la bataille et n'emploient pas au service administratif des animaux de combat. On désigna Karl Siffer pour être chef d'une compagnie d'éclaireurs, le dirigeant ainsi vers le but particulier pour lequel il semblait destiné par la nature et l'éducation. On le laissa libre de trier les trente cavaliers qu'il devait commander dans la campagne, et son choix fut ratifié sans examen. Grâce au système militaire prussien, le jeune chef put recruter des hommes doués pour cette chasse singulière qui rappelle à la fois les limiers de police et les Mohicans de Cooper, mais, comme on l'a fait observer, des Mohicans qui ont été à l'Ecole polytechnique.

Sa petite troupe se composait d'une sorte d'état-major et de cavaliers d'élite.

Dans l'état-major, il y avait un médecin, un professeur de géographie, un mathématicien, un avocat et un cuisinier, tous parlant le français. Parmi les cavaliers, on eût trouvé quelques types dignes de la plume d'un humoriste comme Sterne ou Topffer. De ceux-là était le hulan Hermann, tanneur de son état, surnommé l'*Homme rouge*, dont l'estomac avait la capacité de recevoir trente chopes de bière dans une soirée, sans préjudice d'une consommation respectable de choucroûte au lard.

Un autre compagnon, surnommé *Belfrancis*, **voyait**
une idéale Gretchen dans toutes les femmes que le
hasard plaçait sur sa route, et sa mélancolie placide
ne parvenait pas à altérer les riches couleurs de sa
face rubiconde et fleurie.

Un troisième cherchait à consoler ses victimes avec
une phrase stéréotypée : « J'ai trois petits enfants
hauts comme ça, » affirmation désolée, mais pure-
ment imaginaire, qui tendait à donner aux réquisitions trop exagérées une tournure patriarcale.

Il y avait encore d'autres types dignes d'attention
dans la compagnie du capitaine Karl Siffer, mais ces
satellites automatiques gravitaient silencieux et
ignorés dans le cercle étroit de la discipline militaire.

Nous les retrouverons.

Le hulan, tel du moins qu'il apparaît à travers la
légende et l'histoire, est un animal absolument fantastique de la famille des lièvres. La lance à la
flamme de deux couleurs est son attribut caractéris-
tique. Il ne se bat pas, il éclaire ; l'apparence du
danger le met en fuite, et il est dans son rôle.
Quand il faut s'aventurer, il use de mille précautions,
interrogeant l'horizon, la plaine, le bois, s'abritant
derrière tout ce qui peut dissimuler sa marche, faisant des détours de lapin, puis apparaissant comme
un diable sortant d'une boîte à surprise.

Après une longue série de marches et de contre-

marches, pendant lesquelles il sillonna les parties
du territoire foulées par les armées, Karl était arrivé
jusqu'aux rives de la Loire, où la guerre s'était
rallumée avec des alternatives de succès et de revers.
C'est là que nous l'avons trouvé, arrivant à la grille
du château de Dompierre, emportant d'assaut une
habitation de plaisance, imposant sa brutalité goaail-
leuse, parlant en vainqueur à un vieillard, deux jeunes
femmes et un enfant, enfin remis à sa place par un
modeste curé de village.

CHAPITRE I.

LE VILLAGE

Excellente plaisanterie du capitaine Karl Siffer.

Huit jours s'étaient écoulés.

Tours était à la veille de se voir abandonné par la délégation provinciale, et les hulans caracolaient sur les rives de la Loire.

Un matin, la troupe du capitaine Karl battait la campagne dans toutes les directions.

Vers une heure de l'après-midi, il s'arrêta au sommet d'une colline, se dressa sur les étriers et observa l'étendue. A ses pieds se développait un de ces jolis villages de la fertile Touraine, dont les maisons étaient dispersées autour de sa petite église comme un troupeau sous la protection du pasteur.

C'était un dimanche. Il pouvait apercevoir des paysans groupés sur la place. Il fit un signe. En un clin d'œil les cavaliers disparurent.

Il descendit la colline, se glissa sous une futaie dépouillée qui suivait les sinuosités d'un ruisseau, gagna un pli de terrain et longea un mur de clôture. Arrivé à l'entrée du village, il le traversa comme une flèche à bride abattue, couché sur le col de sa monture; puis, revenant au pas, il s'arrêta seul sur la place au milieu des habitants rassemblés.

Son apparition produisit l'effet de la tête de Méduse. Les paysans semblaient pétrifiés et considéraient d'un œil stupide la flamme noire et blanche flottant à l'extrémité de sa lance. Cependant nous sommes peu disposés à admirer en cette occasion l'audace du capitaine Karl. Ce n'était pas la première fois que les habitants de ce village voyaient un hulan. On savait bien que d'autres n'étaient pas loin. On savait aussi que leurs armées tenaient à la Loire. Un acte hostile, c'était le signal de l'incendie et des exécutions. On se souvenait de Bazeilles, où les femmes et les enfants avaient été rejetés vivants dans leurs maisons en flammes. Enfin, c'était une assez triste prouesse que celle de terrifier une cinquantaine de vieux paysans désarmés.

Bientôt la troupe du capitaine Karl Siffer signala son arrivée. Les hulans débouchèrent par toutes les issues du village, comme s'ils sortaient de terre, et vinrent tourbillonner sur la place de l'église.

En refoulant les paysans surpris à leur apparition, un enfant fut renversé par un cheval. A la vue de sa figure inondée de sang, sa mère le prit dans ses bras et l'emporta comme une folle.

Cette scène n'avait éveillé aucune protestation parmi les assistants. Ils subissaient silencieusement la brutalité de l'ennemi avec cette attitude morne, cette résignation passive qui est la force d'inertie des troupeaux humains. Les pauvres gens savaient bien que discuter avec le plus fort donne raison au dicton populaire du chien de chasse : « C'est le lapin qui a commencé. »

Ce dimanche était le jour de la fête du village des Saussaies. Le chef des hulans ne l'ignorait pas.

Il manda le maire.

On l'appelait le père Chedal. C'était un simple cultivateur. Depuis l'invasion, il était resté maire à contre-cœur, en butte aux obsessions du conseil municipal, dont l'unique préoccupation était d'éviter à tout prix le moindre prétexte d'indisposer les vainqueurs. Dans la semaine qui venait de s'écouler, les conseillers avaient voté des réquisitions et décidé qu'elles seraient préparées à l'avance. C'est en vain que le père Chedal avait protesté contre cette résolution humiliante, son opinion ne fut pas écoutée, et l'adjoint alla jusqu'à lui reprocher de compromettre la vie des habitants et les intérêts de la commune.

Le père Chedal n'avait pas donné sa démission. Il restait à son poste, par conscience et par devoir, pour qu'il ne fût pas dit qu'aucune voix ne s'était élevée devant l'ennemi. D'ailleurs il connaissait le procédé des Prussiens. Il savait qu'ils affectaient de garder une certaine mesure dans leurs demandes les plus exagérées, leurs exigences les plus rigoureuses. C'était comme une sorte de pillage en coupe réglée, de vol organisé. Ils pillaient, incendiaient et exécutaient méthodiquement et par démonstration. Avec eux, il n'y avait pas d'imprévu, pas de chance bonne ou mauvaise, tout était prévu, calculé, et chaque ordre était suivi de la formule invariable : « *Tout de suite.* »

Quand le père Chedal fut debout devant le capitaine des hulans à cheval et le pistolet à la main, il écouta l'énumération des réquisitions à la charge de la commune.

La litanie achevée, il répondit que le conseil municipal avait déjà délibéré en prévision de l'arrivée d'un corps ennemi; qu'à la suite de cette délibération, on avait préparé des tables dans la salle d'audience de la justice de paix, et qu'on allait y porter les réquisitions exigées.

— A la bonne heure, dit Karl Siffer en mettant pied à terre, voilà ce qui s'appelle de l'ordre. Est-ce que ce n'est pas aujourd'hui la fête de ce village

— Oui, monsieur.

— Nous ne sommes pas des trouble-fête, au contraire, nous sommes de bons compagnons, et nous pouvons nous amuser ensemble. Il doit y avoir un bal. Nous ferons danser les paysannes, monsieur le maire. Les Françaises ne savent pas valser, et nous sommes venus pour leur apprendre cette danse allemande.

— Il n'y a ni fête, ni bal cette année.

— Pourquoi donc êtes-vous habillé comme un jour de noce?

— Nous mettons nos meilleurs habits le dimanche pour aller à la messe, mais personne n'a le cœur à la joie.

— Cependant j'ai vu des paysans qui jouaient aux quilles.

— C'est une vieille habitude du canton. Ils ne croient pas mal faire en jouant aux quilles et en buvant une bouteille au cabaret.

— Alors, il n'y a pas de bal pour la fête du pays?

— Mon Dieu non. Chaque famille aurait plutôt besoin d'un crêpe que d'un bouquet.

— Vous m'avez l'air d'un illustre père *Rabat-joie*, monsieur le maire. Nous allons d'abord bien manger et bien boire, et nous verrons après.

Pendant que les hulans faisaient largement honneur aux victuailles votées avec une prodigalité digne de plus de reconnaissance, quelques conseillers municipaux, tremblant à l'idée de s'exposer à la mauvaise humeur de leurs hôtes, se consultaient entre

3

eux sur la question de savoir s'il ne serait pas pru-
dent d'organiser un bal.

—Vous agirez comme vous le voudrez, dit alors le
père Chedal poussé à bout, je vous préviens cette
fois-ci que je donne ma démission et que je ne la
reprendrai pas. J'ai fait bien des concessions, mais,
quitte à m'en aller du pays, je n'y resterai pas quand
j'aurai vu les femmes et les filles des Saussaies danser avec les Prussiens, pendant que les pères, les fils,
les frères et les fiancés sont en train d'aller à la
tuerie. C'est mon avis qu'on devrait faire la paix
puisque tout est fini pour nous ; mais tant que les
derniers soldats continueront la guerre ; il faut un
peu de courage et de dignité.

Ces paroles furent approuvées par un certain nombre de conseillers municipaux. L'adjoint, nommé
Valizet, qui avait d'abord entraîné les plus timorés,
resta seul de son avis.

— Père Chedal, dit-il, si au lieu de proclamer
l'enragée république, on avait soutenu l'empereur,
nous n'en serions pas là. Les rouges l'ont trahi. Vous
aussi, dans le bon temps, vous étiez pour lui, et
vous savez bien que tout se vendait le double.

— Je me suis trompé comme bien d'autres, monsieur Valizet, mais il est toujours temps de se repentir,
quitte à payer les pots cassés et les violons. Tout se
vendait le double, et au bout du compte, si on finit
par être ruiné, est-ce la faute de la république ? On

l'appelle toujours quand les rois font faillite, et on lui fait endosser les billets. Ça n'est pas juste non plus.

— Le père Chedal a raison, dit un conseiller, ce qui est fait est fait, et il est inutile de nous disputer.

L'adjoint Valizet avait invité le capitaine des hulans à dîner dans sa maison. Sa proposition ayant été acceptée, Karl Siffer se trouva en compagnie du père et du fils.

Après avoir vidé un certain nombre de bouteilles, la conversation entre les trois convives en vint à rouler sur la fourniture des armées. Les deux paysans se croyaient bien madrés, mais ils étaient tombés sur leur maître. Karl Siffer, entrevoyant chez eux l'envie d'une spéculation cachée, conçut immédiatement le plan d'une de ces féroces mystifications qui étaient son élément favori.

— Si vous voulez amener sur nos lignes une bonne fourniture, dit-il, jouons cartes sur table, le marché conclu sera payable en or.

— Tout de même, bon jeu, bon argent, dit le père Valizet en regardant son fils.

— Quelle proposition me faites-vous ?

— On pourrait vous livrer, au moulin du père Plantin, six bœufs, cinquante moutons, une voiture de blé et d'avoine, quatre fûts de vin et un baril d'eau-de-vie.

— Ce n'est guère pour une fourniture d'armée.

— On pourra faire plus dans la suite; mais, pour le moment, je vous offre tout ce que j'ai. Mon fils partirait de nuit pour que personne n'en sache rien. C'est une affaire entre nous.

— Eh bien, soit, je ne mets qu'une condition au marché, c'est d'être renseigné sur les francs-tireurs du comte de Ravigny qui sont dans les environs.

— Ils vont tantôt d'un côté, tantôt d'un autre, dit le père. Il y a un habitant d'ici qui est avec eux; c'est un nommé Merlin, qui se sert mieux de son fusil de braconnier que de son rabot de menuisier. Le gamin qui a été renversé sur la place est son fils.

— Ah? il a de la famille. Où demeure-t-elle?

— La maison de Merlin est l'avant-dernière sur la route, à l'entrée du village.

— C'est bien. Je ferai venir sa femme, sous prétexte de l'accident. Elle doit savoir où est son mari.

— Je ne crois pas que vous la trouviez chez elle, dit le fils Valizet.

— Ah?

— Dame, ajouta-t-il avec un sourire qui donna à sa face une expression d'ignoble bassesse, il faut bien être un peu français. Vous venez aux Saussaies, on ne peut pas lui en vouloir de tâcher de prévenir son mari.

— Oui, oui, siffla le capitaine en regardant le dénonciateur entre les yeux. Vous avez raison. Chacun aime son pays.

— Nous sommes Français tout de même, monsieur l'officier.

— Je n'en doute pas, répliqua Karl Siffer en se levant. Je vais voir un peu ce qui se passe dans le village.

— Alors, c'est convenu pour le troupeau et les deux voitures au moulin de Plantin?

— Oui. Nous réglerons sur place; il n'y aura pas de difficultés pour le prix. Au revoir.

— Bien reconnaissant, monsieur l'officier.

Ce qu'Isidore Valizet n'avait pas dit au capitaine de hulans, c'est que lui, fils unique de l'adjoint et gros bonnet du canton, avait essayé de faire la cour à Marthe. Loin de réussir, il s'était vu préférer Jacques Merlin, simple compagnon menuisier, qui n'avait pour toute fortune que deux bras solides et les outils de son métier.

Les hommes sont partout les mêmes, en haut et en bas. Dans l'enceinte étroite d'un village comme dans les grandes cités, s'agitent les mêmes passions, les mêmes intérêts, les mêmes vanités, les mêmes ambitions.

Isidore Valizet était un paysan faraud, rusé, corrompu. Dans sa sphère, il avait toutes les prétentions d'un homme à bonnes fortunes, toute la confiance en lui-même et la suffisance d'un esprit étroit qui se croit supérieur, toute la bassesse d'une nature vulgaire inaccessible à un sentiment généreux. Il était bien incapable de comprendre qu'une paysanne, avec son instinct de femme, avait pu le trouver ridicule, faux et odieux. Cependant, il était forcé de se rendre compte de son aversion par un fait brutal, le refus de l'épouser, et c'est de cela que voulait se venger le Lovelace campagnard.

Karl Siffer ne tarda pas à découvrir Belfrancis, en quête d'une âme sœur de la sienne, pour parler d'amour et *tanser un false* à la prussienne. Il lui donna ses instructions, et le hulan sentimental s'éloigna pour exécuter ses ordres. Quelques instants après, il pénétrait dans la maison de Jacques Merlin.

C'était une pauvre maison de paysan, entourée d'un petit verger. Le rez-de-chaussée se composait d'une seule chambre qui servait d'atelier. Deux lits occupaient les angles du fond. Entre les deux lits se trouvait une couchette, où reposait l'enfant blessé sous la garde de sa grand'mère.

A la vue du hulan, la vieille femme ne put réprimer un geste de surprise et de frayeur.

— N'ayez pas peur, ma brave dame, dit Belfrancis de son air le plus paterne, c'est mon capitaine qui m'envoie demander des nouvelles du pauvre petit enfant.

— Le voilà, répondit la grand'mère.

— Oh! le petit gaillard dort comme un poupon Jésus... Et sa maman, où est-elle?

— Elle est sortie.

— Mon capitaine voudrait lui parler... pour la consoler... Savez-vous où elle est?

— Elle ne m'a rien dit. Comme c'est dimanche, elle est peut-être allée jusqu'au premier village, voir sa cousine.

— Elle rentrera aujourd'hui?

— Oh! oui. Ce n'est pas loin. Elle sera ici vers les trois heures au plus tard.

— C'est bien étonnant qu'elle aille voir sa cousine et qu'elle laisse son enfant malade à la maison, reprit Belfrancis. On nous a dit, dans le village, que son mari est avec les francs-tireurs, et qu'elle est allée le prévenir.

— C'est un mensonge! s'écria la grand'mère.

— Eh bien, alors, où est son mari?

— Il est à l'armée de la Loire.

— Les hommes mariés ne sont pas soldats.

— Il s'est engagé.

— Bon, bon, dit Belfrancis, ça m'est égal. Vous direz que le capitaine a demandé des nouvelles... par bonté.

Sur ces mots, Belfrancis s'éloigna comme il était venu, espérant toujours rencontrer l'insaisissable Dulcinée de ses rêves.

Marthe, en effet, avait couru au village voisin. Là, elle avait donné l'éveil et, de proche en proche, des messagers sûrs avaient prévenu le comte de Ravigny de l'apparition des hulans au village des Saussaies.

En rentrant au logis, Marthe fut mise au courant de ce qui s'était passé. L'enfant dormait paisiblement dans sa couchette, le front enveloppé de bandes de toile, sur lesquelles une large plaque de sang séché marquait l'endroit de la plaie. Marthe considérait son fils d'un œil triste et farouche.

— Le coup n'est point dangereux, dit la grand'-mère, la tête des enfants se recolle vite... Quand mon Jacques était petit, il est rentré bien des fois à la maison tout en sang, et le lendemain il n'y paraissait plus.

— Mère, dit Marthe qui paraissait réfléchir, il faut que quelqu'un ait été me dénoncer aux Prussiens, et leur reporter que je suis partie d'ici pour avertir Jacques. L'avez-vous confessé à quelqu'un ?

— Non, à personne au monde.

— Alors celui qui l'a deviné n'en savait rien, et l'a méchamment dit par invention. Les gens ont pu me voir sortir du village, mais nul ne savait mon chemin, et il faut que je trouve celui qui m'a vendue.

— Les Prussiens ne te le diront pas.

— Il n'y a qu'une âme noire comme l'enfer capable de trahir son pays et son prochain dans les temps de misère. Je ne chercherai pas le Judas bien loin. Je vais aller le regarder en face, et je lirai bien sur sa figure ce que j'ai besoin de savoir.

Sur ces paroles, et sans donner à sa mère le temps de la détourner de son projet, elle s'éloigna avec rapidité.

Comme elle arrivait sur la place, elle ralentit son pas, et s'avança avec la prudence d'un fauve qui cherche une proie cachée.

Des groupes de paysans stationnaient devant l'auberge. Les hulans se promenaient en rangs, avec régularité, s'arrêtant ensemble, comme des automates ou des soldats de bois chevillés sur un X articulé. Il était facile de voir qu'ils étaient grisés par l'ivresse d'un succès inespéré, et leur morgue gouailleuse disait assez qu'ils n'avaient ni l'habitude, ni la mesure de la victoire.

A la vue de Marthe, Belfrancis fit la bouche en cœur, et un sourire de béatitude éclaira son visage épanoui.

— Celle-là, Belfrancis, dit l'*Homme rouge* qui lançait des tourbillons de fumée d'une énorme pipe en porcelaine avec la respiration d'un soufflet de forge, celle-là doit être la plus belle fille du village, la femme du damné braconnier qui est dans les francs-tireurs de Ravigny.

— Oui, c'est un ange, répondit Belfrancis avec un soupir d'admiration.

3.

— Si tu as envie de l'embrasser, ne te gêne pas et profite de l'occasion. Je crois que le capitaine veut la faire pendre tout à l'heure... pas pour de bon... pour rire...

— Quel vilain tour ! murmura Belfrancis.

— Tu ne sais que soupirer comme un phoque, reprit l'Homme rouge avec le même flegme.

— Je soupire quand je vois une belle femme.

— Eh bien, si le cœur t'en dit, va l'embrasser.

— Elle ne voudrait pas.

— On la force.

— Alors, ce ne serait plus du plaisir.

— Tu dis cela parce que tu es timide avec les femmes.

— Pas toujours, dit Belfrancis en hochant la tête.

— Je parie que tu n'oses pas aller l'embrasser ?

— Non, il n'osera pas, dirent les autres en ricanant.

— Je n'oserai pas? répliqua Belfrancis en caressant son menton, comme un homme qui délibère et qui hésite à prendre une détermination.

— Je parie trois cigares, dit un hulan.

— Moi, un verre d'eau-de-vie.

— Moi, un jour de solde.

— Et moi, dit l'Homme rouge, je parie un bout de la corde qui la pendra.

— Vous pariez trois cigares, un verre d'eau-de-vie,

un jour de solde et un bout de corde? dit Belfrancis en redressant la tête après cette récapitulation.

— *Ya, ya*, dirent toutes les voix avec un ensemble qui figurait exactement un concert de corbeaux.

Belfrancis prit une attitude, releva sa moustache, puis, de ce pas militaire qui donne au soldat prussien l'apparence d'une énorme marionnette, il arpenta la place, s'arrêta fixe devant Marthe surprise, l'enveloppa, et déposa sur sa joue un baiser retentissant, couvert par les éclats de rire des hulans.

— Vous êtes un lâche et un brutal! s'écria Marthe en se dégageant de son étreinte.

Sur ces mots, d'un geste rapide, elle souffleta Belfrancis.

— Je ne vous avais pas fait de mal, répondit-il avec amertume en s'éloignant pour rejoindre ses camarades.

— Monsieur le maire, dit Marthe l'interpellant au milieu du groupe où il se trouvait avec l'adjoint et quelques conseillers municipaux, vous feriez bien de porter ma plainte à l'officier, puisque les hommes des Saussaies laissent insulter les femmes.

— Marthe, répondit le maire en la prenant à l'écart, j'irais me plaindre si cela était arrivé à une autre que vous; mais les Prussiens ont su que vous étiez allée avertir les francs-tireurs de la Loire, et le meilleur est de rentrer chez vous sans faire de bruit.

Cette petite scène avait attiré l'attention des paysans, qui s'étaient rapprochés.

— Marthe, je vous conseille de rentrer ; un scandale ne peut rien amener de bon.

— Tout à l'heure, monsieur le maire... Monsieur Isidore Valizet, dit-elle à haute voix en l'apercevant aux côtés de son père et en lui jetant un regard plein de mépris, il y a quelqu'un des Saussaies qui m'a dénoncée, et celui-là, c'est vous.

— Ce n'est pas moi ! répondit le prétendant évincé. Pourquoi venez-vous m'accuser ?

— C'est vous... S'il m'arrive malheur, je prends à témoin devant Dieu tous ceux qui sont ici que vous en serez la cause.

— Et je suis la cause aussi que, tout à l'heure, le hulan vous a embrassée au milieu de la place ?

— J'aime encore mieux recevoir le baiser du Prussien que le baiser de Judas, répondit Marthe... Monsieur Valizet, Jacques Merlin reviendra aux Saussaies.

— Oh! oui, c'est un partageux. Qu'il revienne avec son fusil de braconnier, s'il n'est pas tué comme un chien enragé !

Marthe le considéra un instant en silence, les yeux ardents, les bras au corps, immobile, belle et froide comme la Vengeance dans sa simplicité rustique.

Isidore devint blême, non de colère, mais de peur. Son insolence cachait mal la terreur que lui inspirait l'idée du retour de Jacques Merlin. Les paroles de

Marthe étaient une menace de mort, et il savait Jacques homme à l'exécuter.

Comme tout le village s'entretenait encore de cette aventure, que chacun commentait à sa façon, la troupe de hulans vint se ranger sur la place, sabre au poing. Le capitaine articula un commandement sec et donna un coup de sifflet. L'escadron se mit en marche, et cerna la maison où Marthe était rentrée.

Les habitants avaient suivi cette manœuvre, inquiets de ce qui allait se passer. Ils virent plusieurs hulans descendre de cheval et pénétrer dans l'intérieur. Ils en sortirent au bout de quelques instants, masqués par le double rang des cavaliers qui formaient un parallélogramme ouvert.

L'Homme rouge à cheval s'avança alors contre le mur de la façade, se dressa sur les étriers, et attacha solidement une corde à un crochet de fer fixé sous l'auvent de la maison... La corde se tendit.

A ce moment, les chevaux firent volte-face. Les hulans filèrent à bride abattue, et disparurent comme une trombe, avec des éclats de rire. De loin, ils purent encore entendre les cris d'épouvante des paysans qui avaient assisté à leurs préparatifs.

Le corps de Marthe flottait dans le vide.

Le médecin du village s'était précipité. Il coupa la corde et desserra le nœud coulant. Puis, soulevant ce beau corps, jeune et robuste, il s'assura que le cœur battait encore.

Marthe avait été enlevée sous les yeux de sa mère et de son enfant. L'exécution fut si rapide qu'au bout de quelques minutes, elle put rassurer les témoins de cette scène.

A peine les assistants étaient-ils revenus du premier moment de stupeur, qu'un nouveau cri de terreur s'échappa de toutes les bouches : « Au feu ! » Les vitres des fenêtres de l'unique étage de la maison venaient d'éclater, et les croisées vomissaient des flots noirs de fumée, à travers lesquels des jets rouges dardaient par échappées.

Comme aucun cri ne s'était fait entendre pendant cette sinistre exécution, on pénétra dans la maison. L'escalier qui communiquait à l'étage supérieur était déjà en feu, mais la chambre du rez-de-chaussée était encore intacte. On emporta à la hâte la grand'mère et l'enfant, qu'on trouva bâillonnés sur le lit, roulés dans les couvertures.

. . . .

Marthe fut recueillie dans la maison du maire des Saussaies. Le soir venu, il emmena le petit Jacques dans un village voisin, où son père arriva au milieu de la nuit.

— Père Chedal, dit le menuisier, je ne vous remercie pas aujourd'hui. Si je reviens aux Saussaies, je réglerai mes comptes.

— Venge-toi, Jacques Merlin.

— J'espère que tout sera payé, père Chedal... Si j'étais tué, ce serait une grande consolation pour moi de songer que ma pauvre femme et le petit orphelin ne seront pas abandonnés.

— Je m'en charge, Jacques.

— Maintenant, père Chedal, je pourrai m'en aller tranquille... Adieu, fils.

L'enfant embrassa son père en pleurant.

Le lendemain, il reprit le chemin du village avec le père Chedal, et retrouva sa mère qui les attendait avec inquiétude.

CHAPITRE II.

LE MOULIN.

Le capitaine Karl Siffer conclut un marché avec un paysan patriote. — Surprise désagréable. — Le capitaine Karl Siffer reçoit une glorieuse blessure.

Une fois hors de vue, les hulans s'étaient dispersés dans la campagne et avaient repris leur allure accoutumée.

Belfrancis marchait en compagnie de l'Homme rouge, qui fumait son éternelle pipe. De temps en temps, le colosse taciturne jetait un coup d'œil goguenard sur son compagnon mélancolique.

— Belfrancis? dit-il rompant le silence.

— Ya, répondit Belfrancis.

— Tu n'es pas content?

— Non, j'aurais mieux aimé pendre la vieille.

— Malin, toi, Belfrancis, cœur tendre, commandé de corvée par le capitaine Karl Siffer pour pendre la bien-aimée... Excellente plaisanterie, bonne farce.

— Tanneur, ne parlons pas de cela.

— A ta place, moi, Belfrancis, je me ferais sauter la cervelle, comme M. Werther..... Dis donc, Bel-francis !

— Ya.

— Tu as gagné le pari d'embrasser la belle fille. J'ai perdu. Voilà un morceau de la corde. Tu sais, Belfrancis, la corde des pendus, ça porte bonheur. C'est un souvenir de ta bien-aimée ; tu le conserveras avec la giffle que tu as déjà dans ta poche. *Vergiss mein nicht...* Le capitaine s'est bien amusé, et moi aussi.

— Moi, je ne m'amuse pas, répliqua Belfrancis, d'une voix dolente.

Après une heure de marche, la troupe se trouva réunie au carrefour d'une forêt dont le labyrinthe leur était familier. Là, ils pouvaient se croire en sûreté. D'un côté s'étendait une vaste lande nue, fermée par une ligne de collines boisées ; de l'autre coulait la Loire, dont les rives étaient gardées par des postes avancés.

C'était l'heure de la mélancolie du soir. La nuit commençait à tomber. La lune brillait dans le ciel pur, glissant ses rayons bleus à travers les feuillages éclaircis.

Rien ne troublait le silence de la campagne endormie, si ce n'est le vague bruissement des ramures, et le piétinement sourd et mat du sabot des chevaux dans la terre molle.

Les hulans avaient repris leur marche silencieuse. Les yeux attentifs interrogeaient l'ombre, comme si les arbres cachaient un ennemi nocturne. Le capitaine Karl Siffer marchait au milieu de sa troupe, sifflant entre ses dents l'air de Beethoven que Jeanne avait joué au château de Dompierre.

Arrivés sur la lisière du bois, les deux cavaliers qui marchaient en éclaireurs se lancèrent dans la lande et revinrent après l'avoir sillonnée. Au signal du chef : « *la route est libre !* », tous la traversèrent au galop de charge, puis, comme des oiseaux noirs dispersés qui se rassemblent, ils gravirent une colline au sommet de laquelle était un moulin à vent. A quelque distance, on apercevait une métairie.

A la vue de ces singuliers hôtes, le meunier effaré paraissait ne plus comprendre les sons qui frappaient son oreille. Les deux sous-officiers du détachement s'ingéniaient à lui demander les provisions dont il pouvait disposer.

— Je n'ai pas d'argent, messieurs les soldats, répondait invariablement le meunier d'une voix étranglée.

Exaspéré par ces lenteurs, le capitaine Karl Siffer s'approcha et lui dit :

— N'aie pas peur, bonhomme, nous n'en voulons

ni à ta carcasse, ni à ton moulin. Ecoute, comprends, et obéis : pain, viande, vin, eau-de-vie, trente hommes, *tout de suite.*

— Oui, oui, monsieur l'officier, je vais vous donner tout ce que j'ai : bon pain blanc, mouton, un baril de vin de Vouvray, eau-de-vie de la Charente, tout.

— A la bonne heure... paille, avoine et fourrage, trente chevaux, *tout de suite.*

— Oui, oui, la grange est bien garnie. Le temps d'aller à la ferme. Venez avec moi.

Le meunier, un peu rassuré, s'éloigna suivi de la troupe à cheval.

Les hulans s'installèrent dans la ferme, après avoir placé des vedettes et un guetteur à la lucarne du moulin qui dominait la plaine environnante.

Le lendemain matin, le capitaine manda le meunier.

— Ton moulin est-il en état de fonctionner?

— Oui, monsieur l'officier, mais nous n'avons rien à moudre.

— Cela m'est égal. Fais-le marcher.

Le meunier docile enleva une énorme cheville pour obéir à cette fantaisie, et les ailes du moulin, saisies par le vent, se mirent à tourner.

Le hulan consulta sa montre.

Au bout de cinq minutes, il dit à son hôte :

— Arrête le moulin.

— Si ça vous amuse, monsieur l'officier, on peut le laisser tourner jusqu'à demain.

— Arrête le moulin!

Le meunier enraya l'axe de la meule et replaça la cheville.

— Maintenant, reprit le capitaine en lui posant la main sur l'épaule, la première fois que tu te permettras une observation à mes ordres, je t'attacherai à une aile et je te ferai tourner comme une toupie de Nuremberg.

— Excusez-moi, monsieur l'officier, c'était pour vous faire plaisir.

— Moi aussi, ce sera pour te faire plaisir... Tu connais le village des Saussaies?

— Oh oui, très-bien, je ne manque pas une foire, et je suis l'ami de tout le monde.

— J'attends ici le fils de l'adjoint du maire.

— M. Isidore, Isidore Valizet.

— Oui. Nous avons fait marché ensemble. Il doit m'amener cette nuit trois paires de bœufs, cinquante moutons et deux voitures chargées. Tu vas aller au bourg et tu l'aideras.

— Oui, monsieur l'officier.

— Si vous n'êtes pas ici tous les deux, au plus tard demain à huit heures du matin, je brûle ton moulin et ta ferme... Compris?

— Oui, monsieur l'officier.

— Bien entendu, file.

— Je ferai pour le mieux, répondit le meunier. Si je reviens tout seul, il n'y aura pas de ma faute ; ce n'est pas moi qui ai conclu le marché.

— Tu m'en réponds. Ne bavarde plus, et en route ! — *tout de suite.*

Le meunier s'éclipsa.

Le lendemain, à l'aube, le guetteur signala l'arrivée de deux hommes conduisant un troupeau et suivis par des chariots. Isidore Valizet et le meunier Plantin avaient quitté le village des Saussaies au milieu de la nuit, et devançaient l'heure fixée par le capitaine des hulans.

— Tu es un homme de parole, dit Karl Siffer à Isidore Valizet, et tu as rempli ponctuellement les conventions.

— A votre service, répondit le paysan. Comme je vous l'ai dit, je tâcherai de m'entendre avec des propriétaires pour les grosses fournitures. Seulement, vous comprenez, il faudra que j'achète pour mon compte, parce que si on savait dans le pays qu'un cultivateur a passé un marché avec l'ennemi, il pourrait s'attirer une mauvaise affaire.

— C'est un préjugé, répliqua le capitaine avec une parfaite désinvolture. Les propriétaires, fermiers et habitants doivent bien savoir que nous avons le droit de réquisitionner pour rien tout ce qui est nécessaire aux armées allemandes ; si nous achetons, c'est parce que nous sommes consciencieux.

— C'est bien ce que je me suis dit, répondit Isidore Valizet avec un rire niais ; mais qu'est-ce que vous voulez, dans les campagnes, tout le monde ne sait pas raisonner.

— Comme tu es le fils de l'adjoint au maire des Saussaies, tu dois connaître un peu les affaires de la commune. Je n'ai pas fait de réquisition d'argent dans ton village. Quelle somme le conseil municipal serait-il disposé à payer?

— Quelle somme?...

— Oui. Il faut que chaque habitant contribue aux charges de la guerre selon ses moyens.

— Oh! nous ne sommes guère riches, dit Isidore inquiet.

— Comment? Ton père a bien cent mille francs de fortune?

— Il n'en a pas la moitié! s'écria Isidore. Ce sont les autres qui disent cela pour se décharger d'autant.

— Alors, mettons cinquante mille. Penses-tu que le conseil municipal voterait une contribution de cinq mille francs?

— Cinq mille francs! On ne les trouverait pas à dix lieues à la ronde.

— Tu crois?

— J'en suis bien sûr.

— Si on ne les trouvait pas, c'est qu'ils seraient

bien cachés; mais, en cherchant un peu, on les trouverait peut-être chez ton papa, hein?

— Il n'y a rien chez nous, foi de chrétien, monsieur
l'officier. J'ai été obligé d'emprunter partout pour
acheter les bestiaux, le vin, l'eau-de-vie et les provisions que je vous amène.

— Tu as tenu ta promesse, je veux tenir la mienne.
En tout, somme ronde, combien cela vaut-il?

— Pour vous, ce sera une affaire de quatre mille
francs. Rien que mes six bœufs valent au bas prix
deux mille francs.

— Quatre mille francs?... Eh bien, ce n'est pas
trop cher.

— Vous voyez, c'est en bonne conscience, dit Isidore
rasséréné.

— Oui, l'intendant trouvera le chiffre raisonnable,
et nous ferons encore des affaires ensemble... Nous di-
sons donc quatre mille francs...

Karl Siffer tira un portefeuille de cuir d'une poche
intérieure de sa tunique, écrivit quelques mots au
crayon, déchira le feuillet et le tendit à son compère.

Isidore s'empressa d'y jeter les yeux et lut :

A présentation, la commune des Saussaies payera au
porteur, Isidore Valizet, ou à son ordre, la somme de
quatre mille francs pour bestiaux, vin, eau-de-vie et
fournitures aux armées allemandes, valeur en compte

*sur la taxe de guerre qui sera fixée par l'intendant gé-
néral de la 14ᵉ division.*

Signé : KARL SIFFER,

capitaine.

— Mais, exclama l'infortuné Isidore d'une voix
désespérée, si je montrais ce papier-là au conseil
municipal...

— Eh bien ?...

— Je ne serais pas payé, murmura-t-il en pâlissant.

— En ce cas, reprit le capitaine, tu diras aux conseillers municipaux que si on ne fait pas honneur à
ma signature, je doublerai la réquisition, et je vien-
drai la chercher moi-même.

Le fils de l'adjoint se sentit pris au trébuchet, et
il comprit que toute autre argumentation serait inutile. Il commençait même à se demander s'il n'avait
pas à craindre un danger plus sérieux. Il ne songea
donc plus qu'à se tirer de là comme il pourrait, et
à s'en retourner avec ses chariots vides. Il essaya de
grimacer un sourire :

— Je tâcherai d'expliquer que j'ai livré la fourniture dans l'intérêt du pays, dit-il, pour épargner à la
commune les réquisitions de guerre.

— C'est cela. Le conseil municipal sera enchanté
de payer quatre mille francs pour un si grand service.

Tu es un vrai patriote. S'il y en avait beaucoup comme toi, la guerre serait bientôt finie.

— Oh ! oui, répondit Isidore avec une conviction que la perte certaine de ses quatre mille francs ne pouvait qu'affermir, il est temps qu'on fasse la paix.

— Le plus tôt sera le meilleur. En attendant, nous n'en serons pas moins bons amis tous les deux. Puisque te voilà avec nous, tu vas me rendre encore un petit service... Tu sais que les francs-tireurs de Ravigny sont dans les environs. Il s'agirait de nous guider dans les bois pour regagner la grande route de Blois.

— Monsieur l'officier... dit Isidore dont les jambes commençaient à trembler.

— Quoi ?...

— Je peux bien vous indiquer les chemins, mais si je vous conduis...

— Comment ? des scrupules ?... Mais c'est dans l'intérêt de ton pays, c'est comme patriote, c'est pour sauver les francs-tireurs de notre rencontre que tu vas venir nous guider.

Le malheureux se sentait défaillir.

— Nous partirons dans deux heures. Comme je ne veux pas t'emmener par la force, si tu refuses de marcher, je t'enverrai accompagné d'un parlementaire aux lignes de l'armée de la Loire, avec une lettre de recommandation.

— Je serais fusillé !

4

— Et tu ne me remercies pas de te témoigner mon estime? Tu es un ingrat. Est-ce convenu?

— Oui, monsieur l'officier.

Sur ces mots, Karl Siffer lui tourna le dos et le laissa plongé dans la consternation.

Une demi-heure s'était à peine écoulée, quand le guetteur de faction à la lucarne du moulin accourut précipitamment.

— Capitaine, les francs-tireurs sont dans le bois!

— Tu les as vus?

— Oui, capitaine, vous pouvez les apercevoir d'ici avec ma lunette d'approche... Tenez, les voilà dans la plaine, en tirailleurs.

— Meunier, cria Karl Siffer, fais tourner ton moulin et laisse aller!...

Il donna des coups de sifflet répétés. En un clin d'œil, tous les hulans furent à cheval.

Les ailes du moulin tournaient avec rapidité.

Un coup de canon lointain roula dans l'étendue.

— Par là, dit le capitaine, allongeant le bras dans la direction d'où partait la réponse à son signal de détresse.

Une deuxième détonation, puis une troisième se succédèrent à court intervalle.

Le capitaine interrogea l'horizon. Son signal avait été aperçu. Les trois coups de canon lui disaient que le chemin de retraite était ouvert. Trois détonations plus rapprochées, partirent des bords du fleuve.

Pour la première fois le capitaine Karl Siffer était surpris. Cependant il dissimula son inquiétude.

— Camarades, dit-il, nous sommes cernés. Pour échapper, il faudra descendre cette colline et passer sous le feu des francs-tireurs. Il reste un moyen de salut.

Se tournant alors vers Isidore Valizet et le meunier Plantin :

— Vous deux, dit-il, descendez dans la plaine et allez au devant des francs-tireurs. Ils ne supposeront pas que nos chevaux ont grimpé ce chemin de chèvres. Vous leur direz que nous avons traversé le bois hier, marchant du côté de Blois. Une fois hors de ma portée, si vous me livrez, nous en serons quittes pour être prisonniers de guerre ; mais je trouverai bien le moyen de désigner vos parents à la potence et vos maisons à l'incendie.

— Nous ferons votre commission pour le mieux, dit Isidore, et vous pouvez compter sur moi.

— La commission faite, tu seras libre de retourner à ton village, dit Karl Siffer. Quant à toi, ajouta-t-il en s'adressant au meunier qui tremblait de tous ses membres, je t'attends ici. Allons, et ne perdez pas de temps. Si vous tenez à vos biens, à vos familles et à votre peau, tâchez d'éloigner les francs-tireurs et apportez-moi de bonnes nouvelles. Sinon, la corde et le feu.

Comme le meunier Plantin et Isidore Valizet descendaient le versant de la colline, ils échangèrent un regard.

— Monsieur Isidore, dit le meunier, ce n'est tout de même pas bien ce que nous allons faire.

— Vous avez raison, père Plantin, mais il faut d'abord sauver sa peau.

— Qui est-ce qui nous empêche de dire au comte de Ravigny que les hulans sont dans la souricière ? Ils seront tous pris, et il n'en restera pas un pour aller le raconter.

— Le capitaine est un malin. Il nous a prévenus que, s'il était prisonnier, il trouverait bien le moyen de le faire savoir, et nous serons pendus.

— Nous tâcherons de nous sauver comme nous pourrons. Pour mon compte, j'aime mieux voir brûler mon moulin et ma ferme, que de trahir les Français pour sauver les Prussiens.

— C'est de la déraison, père Plantin.

— Ma foi, non, j'ai envie de tout dire, et je le dirai.

— Vous êtes un brave homme, dit une voix derrière eux.

Le fils de l'adjoint des Saussaies tressaillit.

L'homme qui venait de sortir du bois et qui leur parlait ainsi était Jacques Merlin.

— Jacques, dit Isidore d'un air piteux, il ne faudrait pas croire des paroles en l'air. Je suis un bon Français. Quand on est du même village, on se connaît. et vous ne pensez pas mal de moi, n'est-ce pas ?

— Oui, je vous connais, dit Jacques Merlin. Vous avez conduit cette nuit du bétail et des provisions aux Prussiens.

— C'était pour éviter des réquisitions à tout le monde... Tenez, voici le papier qu'on m'a donné pour le conseil municipal. C'est la preuve que je n'ai pas été payé.

Jacques Merlin prit le papier.

— Vous avez été volé par plus voleur que vous, dit-il. Mais ne bavardons pas, monsieur Valizet, je sais qu'on a dénoncé ma pauvre femme... Ne me faites pas parler d'autre chose, je vous tuerais sur place.

— Vous ne croyez pas que c'est moi ! s'écria Isidore épouvanté.

— Nous le saurons tout à l'heure par le capitaine des hulans qui a commandé l'exécution. Vous viendrez avec nous.

En ce moment, ils furent rejoints par le comte de Ravigny à cheval.

C'était un homme de trente-cinq ans, aux formes

4.

athlétiques, aux allures simples d'un gentilhomme de
race.

Les cinquante volontaires qui composaient sa compagnie franche étaient disséminés en tirailleurs dans
le bois et à travers la lande. A son appel, ils rapprochèrent leur cercle, et bientôt ils furent rassemblés
au pied de la colline. Jacques Merlin mit son chef au
courant de ce qu'il venait d'apprendre, et lui remit
le bon à payer délivré au fils de l'adjoint des Saussaies par le capitaine des hulans. Ils échangèrent
quelques mots à voix basse.

Au bout d'un quart d'heure, les éclaireurs de la
Loire avaient gravi le coteau. Les trente hulans, rangés à cheval en bon ordre, étaient massés devant le
moulin. Quand le comte de Ravigny les aborda, le
revolver à la main, Karl Siffer lui présenta son sabre
qu'il tenait par la lame.

Le comte le prit à l'écart.

—Vous avez pendu hier une femme aux Saussaies?
dit-il.

— Pour la forme... C'était un espion. J'ai usé du
droit de guerre en la condamnant à mort et en brûlant sa maison.

Jacques Merlin le coucha en joue sous le double feu
de sa carabine.

Ravigny fit un geste. Il releva son arme et attendit.

— Qui a dénoncé cette femme?

— C'est cet imbécile, répondit froidement le hulan en désignant Isidore Valizet.

— Va te placer là, dit le comte en lui montrant un arbre.

Isidore, qui observait Jacques Merlin, comprit que c'était fait de lui.

Il tomba à genoux.

— Par pitié, je jure que ce n'est pas vrai !

— Tais-toi, et obéis.

Comme il s'éloignait pour aller se placer à l'endroit qui lui était désigné, une détonation se fit entendre. Isidore chancela et s'affaissa sur lui-même en poussant un gémissement. La balle de Jacques Merlin lui avait cassé les reins.

Le braconnier s'approcha.

— Tu ne méritais pas la mort du soldat, dit-il; et je devrais te laisser crever comme une bête malfaisante : mais je ne suis pas un bourreau. Je vais t'achever.

— Non, ne m'achevez pas, murmura le moribond, dont les lèvres se couvraient d'une écume rouge... Marthe n'est pas morte...

— Tu ne prononceras plus ce nom-là, Judas.

Jacques Merlin posa sur sa tempe le canon de son fusil et lui donna le coup de grâce. Puis il rechargea son arme et rejoignit le groupe des éclaireurs.

— Merlin, fouille cet homme, dit Ravigny en désignant le capitaine des hulans.

L'opération ne fut pas longue. A la vue des objets qui lui étaient présentés, le comte pâlit. Il venait de reconnaître les portraits de sa femme et de sa sœur, que Karl Siffer avait pris dans sa chambre.

— Ces portraits viennent du château de Dompierre, dit-il au capitaine qui avait mis pied à terre... Allons, la vérité, ou je vous fais fusiller... Comment ces portraits se trouvent-ils en votre possession ?

Karl Siffer raconta sommairement sa visite au château de Dompierre, en passant sous silence les outrages qu'il avait fait subir à ses hôtes.

— Le droit de guerre me permettait de brûler votre château, dit Karl Siffer après avoir terminé son récit. Il a été respecté.

— C'est ce que je vais savoir... Merlin, prends mon cheval, va à Dompierre, et reviens sans perdre un instant. Je t'attendrai ici... Cavaliers, dit-il aux hulans consternés, vous êtes mes prisonniers de guerre. Rendez-vous à la ferme voisine. Toute tentative de résistance ou d'évasion sera punie de mort.

Puis, se tournant vers ses soldats :

— Désarmez-les et qu'on les surveille... Quant à vous, ajouta-t-il en s'adressant à Karl Siffer, entrez là.

Deux hommes l'escortèrent dans la salle basse du moulin, où ils devaient le garder à vue jusqu'au retour du messager.

Jacques Merlin s'acquitta ponctuellement de la mission que son chef lui avait confiée. Il était de retour vers trois heures de l'après-midi. Le marquis de Dompierre lui avait remis une lettre pour le comte de Ravigny. Cette lettre confirmait les déclarations du hulan, exactes au fond, mais dont la version était singulièrement défigurée.

En sortant du moulin pour connaître le sort qui lui était réservé, Karl Siffer aperçut à quelque distance ses hulans à pied, désarmés, et tenant leurs chevaux par la bride. Les éclaireurs étaient groupés derrière eux. En face de lui, une douzaine d'hommes étaient alignés sur deux rangs, l'arme au pied. A cette vue, il ne put comprimer un mouvement.

Il s'arrêta.

— Je suis officier, dit-il avec une assurance que démentaient l'altération de sa voix et la pâleur livide de son visage... Est-ce un peloton d'exécution qui est devant moi ?

— Vous allez le savoir, répondit le comte de Ravigny.

La lettre du marquis de Dompierre contenait ces mots :

« Mon cher fils,

» Ton messager m'a apporté la nouvelle de ta prise, et je te transmets les renseignements que tu me demandes.

» Le château est occupé depuis hier par un état-major de l'armée prussienne.

» Ta femme, le petit Arthur et ta sœur Jeanne sont au couvent des Visitandines, près de Tours. L'ennemi n'est pas encore là. Je n'ai pu les décider à s'éloigner davantage. Elles espèrent ainsi avoir plus souvent et plus rapidement de tes nouvelles. Je suis resté seul à Dompierre, occupé militairement. Le curé me tient compagnie. Je n'ai aucun rapport avec mes hôtes, et ne souffre en aucune façon de ce voisinage forcé.

» Quant à l'individu dont tu me parles, pour te donner, par un seul fait, une idée de sa conduite, il s'est fait débotter par ta femme et Jeanne... »

Ici le comte de Ravigny interrompit sa lecture, et jeta un regard sur le capitaine des hulans, debout devant lui.

Karl Siffer baissa les yeux comme s'il venait d'entendre sa sentence de mort.

Le comte reprit sa lecture :

«..... Ses pouvoirs lui permettaient d'incendier le château, connu pour avoir longtemps servi d'asile aux paysans armés non considérés comme belligérants. Il n'a pas exécuté cette menace. Personne n'a eu à se plaindre de ses cavaliers.

» Malgré les outrages sans nom que nous avons dû subir, — tu sais pour qui, — laisse-lui la vie sauve. Le faire fusiller, ce serait le traiter comme un soldat. Nous ne pouvons être atteints par l'injure d'un tel misérable. Traite-le comme un voleur, c'est tout ce qu'il a mérité. »

Le comte fit approcher sa troupe. Il ordonna de rendre aux hulans leurs armes et leurs chevaux. Quand il les vit tous autour de lui en ordre de bataille, il lut à haute voix, en français, le passage de la lettre relatif au capitaine Karl Siffer.

S'adressant alors directement à lui :

— Je vous ordonne, dit-il en lui tendant la lettre, de traduire en allemand à vos cavaliers ce que je viens de lire.

Le capitaine obéit sans hésitation.

Les hulans écoutèrent gravement le récit du marquis de Dompierre. La lecture achevée, Karl Siffer rendit humblement la lettre au comte de Ravigny. Sous son air contrit, il dissimulait sa joie intérieure : il espérait avoir la vie sauve. Quant au mépris, à la honte et autres balivernes, tout cela ne lui importait guère en ce moment critique.

Le comte de Ravigny fit un pas.

— Vous ne portez aucun insigne d'officier ?

— Aucun.

— Je ne puis donc vous dégrader. Je me contente d'écrire le mot *Voleur* sur votre ordre de marche. Le voici. Je vous le rends.

Le comte reprit au milieu d'un profond silence :

— Vous déshonorez l'armée dont vous faites partie. Vous n'êtes ni un officier, ni un soldat. Je ne puis donc non plus vous demander une réparation par les armes. L'épée d'un homme d'honneur ne peut se croiser avec la vôtre. Vous êtes un voleur et un assassin... vous devez être un lâche.

Jacques Merlin, poursuivit-il, voilà celui qui a fait pendre ta femme. Je t'aurais livré sa vie si mon père ne me l'avait demandée. Il ne vaut pas une balle, laisse-le aller.

— J'ai son nom et j'ai vu sa figure, répondit Jacques Merlin. Je le reconnaîtrai partout et saurai bien le retrouver.

— Pour mieux le reconnaître, Jacques, prends ton couteau et marque-le au front.

Le braconnier tira vivement un couteau de sa poche et aborda le hulan. Karl Siffer ôta son shapska en baissant la tête. De deux coups assurés, Jacques Merlin exécuta l'ordre, et le marqua au front de l'initiale : V.

Le sang s'échappa avec abondance des deux larges entailles. Celui qu'on appelait le docteur s'empressa de laver la plaie avec de l'eau, et posa une compresse maintenue par une bande de toile. L'opération terminée, Karl Siffer remit son shapska. Un cavalier s'approcha, tenant son cheval en main. Il sauta en selle.

— Qu'attendez-vous, maintenant? dit le comte de Ravigny en allumant un cigare.

— L'ordre de partir.

— Je n'ai pas d'ordres à vous donner. Vous n'avez plus rien à faire ici. Si vous passez à Dompierre, allez saluer mon père.

Le capitaine fit un signe et poussa son cheval. Les hulans descendirent rapidement le versant de la colline. Bientôt ils se dispersèrent dans la plaine en caracolant joyeusement, gagnèrent la lisière du bois et disparurent dans sa profondeur.

CHAPITRE III.

Les hulans du capitaine Siffer.

C'était, en vérité, une singulière troupe que celle du capitaine Karl Siffer. Les hommes qui la composaient n'avaient qu'une qualité commune, celle de monter à cheval. La plupart étaient d'excellents cavaliers.

Outre l'*Homme rouge*, le tanneur, Belfrancis, émule de Werther, et le docteur avec lequel on vient de faire connaissance, il y avait d'autres types dignes d'être mentionnés.

Parmi ceux-là, se trouvait un professeur de mathématiques, ou plutôt un préparateur, ce que nous appelons dans nos écoles un *piston*, un autre professeur de géographie, un commis de boutique de pharmacie, et un acrobate qui, enlevé aux cirques forains, avait été attaché à un gymnase pour donner des leçons d'équitation.

Il y avait aussi un garçon de brasserie, un colporteur, un employé de maison de banque, et quelques personnages appartenant à des professions plus ou moins libérales.

La plupart avaient habité la France. Les uns y étaient venus pour étudier, les autres avaient été employés, ouvriers, domestiques, et on les utilisait tour à tour, selon les lieux et les circonstances, pour guider le détachement dans ses expéditions délicates.

Le professeur de mathématiques mérite une mention particulière. Dans son cours à l'école militaire, il avait coutume, à l'arrivée d'un nouvel élève, de lui montrer le buste de Guillaume en disant :

— Allez saluer le roi.

A la longue, cette formule devenue légendaire était invariablement suivie de ce corollaire, murmuré par les élèves après la cérémonie :

— Allez faire des excuses à M. de Bismark.

Le professeur de géographie, d'après son opinion personnelle, était suave. Il parlait d'une voix suave, il avait des gestes suaves, il professait avec suavité. Il avait un genre d'esprit à lui, une sorte d'humour à l'allemande, mais également suave. Il disait volontiers :

« La terre est une sphère. Les trois quarts de sa
surface sont couverts par de l'eau, l'autre quart est
couvert de boue dans laquelle patauge l'humanité. »

Ou bien : « Les lacs sont des étendues d'eau entourées de terre de tous les côtés, et ils inspirent des
vers. »

Le commis de pharmacie se nommait Bruckner. Il
avait des lunettes, une face carrée et bouffie, des
cheveux plâtrés de pommade. Sa vertu dominante
était la peur ; après la peur, c'était l'envie. Il enviait
tout indistinctement. Il suait l'envie. Il avait pleuré
comme un veau en montant en wagon pour aller aux
frontières, mais c'était sur lui-même qu'il versait
des larmes avec tant d'abondance. On l'avait désigné pour être hulan. Karl Siffer éprouvait de la
sympathie pour ce courtaud. Il aimait à voir un lâche
dans toute la candeur de sa poltronnerie et, par comparaison, il se croyait brave.

L'acrobate était un philosophe, une espèce d'Ham-
let de ruisseau. Il aimait la lecture. Il lisait à cheval.
Si les paysans de la Loire ont vu, le soir, passer un
fantôme debout sur un cheval au galop, c'est lui. Il
conservait précieusement, dans sa musette, une peau
en caoutchouc dont il s'affublait pour faire la grenouille. Il avait encore une spécialité, c'était de voler
des montres et des bijoux qu'il revendait aux Juifs

qui suivaient l'armée. Le tanneur, l'Homme *rouge*, était son admirateur. Quand il avait mangé considérablement et bu comme une tonne, son idéal bonheur était de contempler le clown dans ses exercices.

Presque tous ces singuliers militaires écrivaient des lettres dans leur pays, et notaient leurs impressions de voyage sur un livret cartonné. Belfrancis, particulièrement, avait une correspondance des plus étendues. Quand l'occasion se présentait de passer dans une ville, il entrait chez un papetier pour renouveler sa provision. Il se faisait offrir du papier à lettres gauffré, orné de colombes, de roses, d'emblèmes, sur lequel il épanchait son âme et ses pensées d'amour en une irréprochable calligraphie.

Belfrancis, l'Homme rouge et l'Acrobate, surnommé le *Singe vert,* chevauchaient volontiers de compagnie.

En ce moment, ils marchaient de front, suivant une pensée commune.

— Belfrancis, dit le tanneur rompant le silence.

— Ya.

— Nous en réchappons !

— Ya-yo..... ya-yo.

— Le capitaine?... Hein ?...

— Ya, ya.

— Pas content.

— Ya.

— Mauvaise farce.

— Les Français, dit le Singe en se dodelinant sur son cheval, sont pleins de générosité; mais si, par exemple, le monsieur de tout à l'heure tombe dans les mains du capitaine, son affaire est bonne.

— Très-bonne, dit l'Homme rouge.

— On le fera empailler.

— Excellente idée, Singe.

— Et, étant empaillé, le capitaine le fera emballer.

— Ah! ah!

— Et, étant emballé, on l'adressera au musée d'histoire naturelle de Berlin... Espèce rare.

— Très-rare.

— On l'inscrira au catalogue : « *Français imbécile, offert par le capitaine Karl Siffer.* »

— Formidable plaisanterie! exclama le tanneur.

— Plaisanterie-Krupp, médaillée par Napoléon le troisième, artilleur.

— Le capitaine est mélancolique, dit Belfrancis rêveur... Moi aussi.

Il poussa un soupir.

Pendant qu'ils devisaient ainsi, le professeur de géographie, obéissant à ses instincts scientifiques, observait la forêt imparfaitement explorée la veille. Au croisement de deux sentiers, il éveilla l'attention du capitaine à la vue d'un fagot abandonné.

— Les francs-tireurs ont passé là, dit-il.

Ce fagot, déposé par un de leurs espions, révélait en effet le passage des éclaireurs de la Loire. Un peu plus loin, des entailles faites aux arbres indiquaient leur nombre, mais l'avertissement était inutile. Les éclaireurs, qui avaient traversé la forêt la nuit précédente, les avaient pris au gîte.

Après une marche forcée, les hulans approchaient des lignes avancées du côté du fleuve. Le capitaine se présenta à l'état-major et rendit compte de son expédition. Le rapport enregistra deux coups de sabre au front. Karl Siffer fut porté à l'ordre du jour de l'armée pour fait d'armes, et il obtint la faveur d'un congé de convalescence.

Le courtaud de pharmacie ne put supporter cette injustice. Travaillé par l'envie qui l'empoisonnait, il révéla le secret de la blessure de son capitaine au major. Celui-ci en informa Karl Siffer.

Le lendemain, le capitaine Siffer aborda son favori d'un air plus gracieux qu'à l'ordinaire.

— Eh bien, camarade, lui dit-il, j'ai une bonne nouvelle pour vous.

— Pour moi ? capitaine.

— Oui, oui, pour vous. Le major m'a dit qu'il serait bien content de vous voir avancer.

— Je ne suis pas un ambitieux, répondit le courtaud, dont l'œil brilla derrière ses lunettes.

— C'est égal, jeune guerrier, vous avez de l'avancement. A partir de ce jour, vous éclairerez les avant-postes, le plus loin possible.

— Capitaine, murmura le hulan stupéfait à cette nouvelle, vous savez que l'envoi aux avant-postes est une peine disciplinaire... rigoureuse... et qu'on n'en revient presque jamais.

— C'est la place des héros. Votre conduite a été héroïque. Le major est de cet avis. C'est lui qui vous envoie à ce poste d'honneur.

Le courtaud devint jaune.

Il comprit que les deux officiers étaient d'accord pour le sacrifier.

— Il est probable, ajouta Karl Siffer de plus en plus gracieux, que vous rencontrerez celui qui m'a sabré au front. Vous le tuerez de ma part... Allez ! allez!...

Le hulan porta militairement la main à l'oreille, pivota sur les talons, et s'éloigna en sanglotant.

. . . .

— Belfrancis, dit l'Homme rouge qui venait d'apprendre « *l'avahcement* » du « *jeune guerrier* », le capitaine, père du soldat, chef humain, encore une bonne farce, excellente plaisanterie.

— C'est enchanteur, dit le Singe.

Tel était l'entourage du capitaine Karl Siffer, digne de commander à ces joyeux compagnons.

Sa première étape triomphale avait été Nancy,

mais il n'avait pas eu la gloire d'y pénétrer avant l'entrée des troupes dans la ville lorraine. Ce n'est pas à lui qu'avait été réservé l'honneur de commander, dans deux hôtelleries, le repás légendaire de cent cinquante convives. Cette page manque dans son histoire.

Un hulan, six cigares, n'est-ce point, depuis ce jour, la double formule qui résume la marche des envahisseurs ?

Le *Hulan*, c'est la premièré vague de l'invasion qui monte.

Les *Six cigares* symbolisent la théorie de la réquisition.

TROIS HULANS.

Sur la route d'Orléans,
Trois hulans,
Lance debout, à flamme blanche et noire,
Trois hulans,
Chevauchaient fiers de leur gloire !

Ils avaient fusillé le père
Pour lui faire entendre raison,
Ils avaient massacré la mère
Et mis le feu dans la maison.

Comme il restait deux enfants,
Trois hulans,
Lance debout, à flamme blanche et noire,
Les enfants,
On les pendit après boire !

5.

Mais il est temps de chasser les lourds et tristes rêves, d'enterrer les méchantes chansons. Jetons un regard en arrière. Pendant que le capitaine Karl Siffer rôde aux environs d'Orléans, dont les forêts sont encore gardées, entrons dans la ville et donnons un amical salut, une poignée de main française à ceux qui le tiennent à bonne distance et hors de portée de mousqueton. Là, il nous sera doux de reposer nos yeux sur des héros, obscurs peut-être, mais qui peuvent passer sans rougir devant la statue de Jeanne la Pucelle, et qui n'ont pas désespéré du salut de la patrie.

CHAPITRE IV.

ORLÉANS.

Où le capitaine Raquin, des hussards, nie l'existence des hulans et voit son opinion triomphante.

Vers quatre heures de l'après-midi, le capitaine Raquin, du 4ᵉ escadron d'un régiment de hussards alors à Orléans, était assis devant une table du Café militaire, à l'angle de la place au milieu de laquelle s'élève la statue de Jeanne la Pucelle.

Le capitaine Raquin avait l'habitude de boire quotidiennement sept verres d'absinthe, troublés d'eau frappée ou simplement d'eau fraîche, selon les lieux et les circonstances, d'après la méthode africaine qui consiste à faire glisser l'eau sur la paroi intérieure du verre, et non en précipitant le mélange par un filet liquide perpendiculaire. Le docteur n'avait pas manqué d'informer le capitaine Raquin que les effets de cette boisson devaient entraîner tôt ou tard des désordres, affecter son système nerveux, et qu'ils étaient plus violents dans nos climats tempérés que sous les latitudes orientales; que cette multiplicité de verres d'absinthe, en effet, pourrait bien avancer le terme de sa vie au bénéfice de la caisse des retraites. Le capitaine Raquin reconnaissait la justesse de ces observations, ét il écoutait ces sages conseils, ces avertissements salutaires, ces pronostics fâcheux, ces arrêts inflexibles ávec une parfaite indifférence.

Au moment même où il préparait un verre, — c'était le cinquième, — le terrible docteur vint s'arrêter en face de lui, s'assit d'un air souriant, et le regarda avec sollicitude.

— Cinquième verre, articula le capitaine Raquin, roulant militairement les syllabes, et continuant son opération avec cette religieuse lenteur du prêtre versant la burette d'eau dans le calice. Le perroquet chante encore, nous allons l'étouffer.

Il but une gorgée, saisit à pleines mains ses moustaches, si longues qu'il pouvait les nouer facilement sous son double menton, prit sa pipe, la bourra, l'alluma, lança plusieurs bouffées de fumée avec la puissance d'un soufflet de forge, toussa, cracha, puis, regardant le docteur de son œil gris :

— Je ne sais pas si je vieillis, dit-il, ou si l'absinthe est trop jeune, mais il y a quelque chose de dérangé dans la machine. Je suis fatigué.

— La promenade?...

— Drôle de promenade! Ce matin, on m'envoie l'ordre d'éclairer la forêt, sous prétexte que les hulans flânaient dans les environs... Comme s'il y avait des hulans, ajouta le capitaine avec un froncement de la moustache.

— Il y en a partout.

— Des hulans! exclama le capitaine Raquin, dont le visage prit les tons chauds du rouge de brique. Il n'y a pas de hulans. Je bats la campagne depuis trois mois avec le quatrième escadron des hussards, et jamais je n'en ai vu un... Il n'y a pas de hulans. Le hulan est un préjugé du premier Empire, qui date de 1806. A cette époque, il y en avait peut-être quelques échantillons; mais, depuis Wœrth, le quatrième escadron n'en a jamais tenu un à portée de carabine. Il faut qu'on ait inventé cet animal fantastique, qu'on appelle un hulan, pour éreinter les hussards. Je pars ce matin à trois heures, rendez-vous à midi au carrefour du Roi; mes hommes éclairent huit lieues de terrain dans toutes les directions, et je reviens bredouille? C'est une mauvaise plaisanterie, je l'ai dit au colonel. Que voulez-vous? Il croit aux hulans. Moi, je n'y crois pas. Si j'en pince un, je le ferai empailler pour le jardin des plantes de Pont-à-Mousson, avec cette étiquette : « *Singe donné par le capitaine Raquin.* » Ce qu'on prend pour des hulans, ce sont les hommes de mon escadron, qui sont toujours en course.

— Cependant, on affirme en avoir vu hier à quatre lieues d'Orléans.

— Qui ?

— Un maréchal-des-logis des lanciers.

— Je le répète, c'étaient des hommes de mon escadron... Croyez-moi sur parole, docteur, le hulan n'existe pas, cavalerie imaginaire !

Le lendemain de cette conversation, le capitaine Raquin en était à son quatrième verre d'absinthe lorsque, sur la déclaration d'un paysan annonçant la marche d'un corps de cinquante mille Prussiens, le commandant en chef donna l'ordre d'évacuer la ville et remit ses pouvoirs au colonel de la gendarmerie.

A cette nouvelle, le capitaine Raquin se rendit au quartier, monta à cheval, fit ranger son escadron sur la place devant la statue de Jeanne d'Arc, puis, la saluant de l'épée, il lui dit :

— Ma fille, je te donne ma parole que le quatrième escadron des hussards ne s'en ira pas d'Orléans sans toi.

Le capitaine mit pied à terre et alla reprendre sa place devant le Café militaire.

Le garçon, debout à la porte, paraissait effaré, stupide.

— Eh bien ! qu'est-ce que tu fais là, imbécile?... Une absinthe !

Le garçon obéit machinalement.

Vingt-huit mille hommes évacuaient Orléans.

Les bulletins annoncèrent que l'armée, menacée par des forces supérieures, se repliait en bon ordre en repassant la Loire, mais cette retraite était au moins prématurée. Artillerie, cavalerie, infanterie, génie, mobiles, mobilisés, francs-tireurs, train des équipages, pontonniers, ambulances, bagages, voitures, charrettes, carrioles, chevaux, mulets, troupeaux, hommes, femmes, enfants, marche des régiments, rappel, générale, tambours et clairons, tocsin, boutiques fermées, tout ce tumulte s'évanouit par degrés, et il tomba comme un voile de stupeur sur cette ville abandonnée.

Le docteur du capitaine Raquin défila un des derniers.

En passant, il s'arrêta pour lui serrer la main.

— Eh bien, capitaine, au revoir ; vous viendrez nous rejoindre après le septième verre... A propos, on a tué un hulan, pas loin de la porte du Nord.

— Lieutenant, cria le capitaine d'une voix sonore, comptez les hommes de l'escadron... Il doit m'en manquer un.

Le lieutenant poussa son cheval et traversa la place.

— Capitaine, tous les hommes ont répondu à l'appel.

— Bon ! Alors c'est un lancier qu'on aura pris pour un hulan...peut-être le maréchal-des-logis myope qui

prétend en avoir rencontré avant-hier. C'est bien fait
pour lui.

— Vous ne venez pas? dit le docteur.

— Non, il m'est entré quelque doute dans l'esprit.
S'il y a des hulans, comme tout le monde le dit, ils
seront d'avant-garde, et j'aurai le plaisir d'en voir un
pour la première fois.

— Au revoir, capitaine.

— Adieu.

Au bout de quelques instants, le capitaine se leva
et dit aux cavaliers immobiles :

— Mes enfants, vous pouvez être fiers d'avoir con-
templé la Pucelle. Il est l'heure de la soupe ; sabre
au fourreau ; rentrez au quartier. S'il y a des hulans,
j'irai vous prévenir.

Les trompettes sonnèrent une fanfare dont les notes
cuivrées se perdirent bientôt dans l'éloignement.

La nuit se passa sans alerte.

Le lendemain matin, pendant que l'armée française
arrêtait sa retraite, le capitaine Raquin entrait au
Café militaire.

Tout était désert, et il pouvait se croire seul dans
la ville, quand le roulement familier de l'artillerie
arriva à son oreille :

— Tonnerre de Dieu, grommela-t-il, c'est de la
ferraille... Pas de hulans!... Volé !

C'était, en effet, une colonne d'artillerie.

Les pièces roulaient au grand trot en rebondissant sur les pavés.

— Voici bien une autre boutique! s'écria le capitaine Raquin dont le visage rayonna, c'est la satanée batterie du commandant Richard.

Autre type, le commandant Richard, et bien digne de figurer en compagnie du capitaine Raquin.

Pendant la guerre de Crimée, il commandait une batterie de siége avancée. A quelque distance du camp se trouvait un rocher colossal. A la base, il fit creuser une sorte de tunnel, aménagé comme la grotte d'un ermite. Là, était son lit de sangles garni de couvertures et de peaux de mouton, ses cantines en guise de siéges, et une large planche sur deux tréteaux qui servait de toilette, de bureau et de table à manger. La crypte ressemblait à un tombeau, mais cette particularité n'éveillait aucune association d'idées funèbres dans l'esprit du commandant Richard, au contraire, et il se plaisait à en faire les honneurs avec une gaieté cordiale.

Voilà pour la base. Au sommet du rocher, de larges embrasures, taillées en plein granit, servaient de niches à six pièces de vingt-quatre, qu'il appelait ses filles de bronze, et baptisées sous les noms de Célestine, Rosalie, Gertrude, Léocadie, Frisette et Lolotte, quelques souvenirs peut-être chers au commandant Richard.

Cette batterie ne cessait pas de tonner.

Le matin, aux premières lueurs de l'aube, il ouvrait un œil, faisait sonner la diane et disait à ses officiers :

— Comment se porte Mlle Léocadie?

— Bien, mon commandant.

— Et ses sœurs?

— Pareillement.

— Je crois que Gertrude a la pituite.

— Elle a, en effet, l'estomac chargé.

— Qu'elle crache, la chère enfant, cela la soulagera... Priez ces demoiselles d'envoyer le bonjour à MM. les Russes. Ils sont d'une parfaite courtoisie, et rendent exactement le salut militaire.

Le soir, même répétition.

— Ces demoiselles sont couchées? Bien. Avant de s'endormir, elles diront leur prière et donneront le bonsoir à MM. les Russes.

A quatre kilomètres à la ronde, quand on voulait dormir au camp, il fallait s'habituer aux demoiselles du commandant Richard.

— Quelles bavardes! disait-il d'un ton goguenard, elles font un vacarme épouvantable. Pas moyen d'obtenir un peu de silence : *Boum, boum! rataboum, boum!* La jolie musique... Va te promener!

Le commandant Richard n'était pas un mangeur d'X. Il avait de bons pointeurs, de la bonne poudre, de bons projectiles, et quand il entendait ronfler sa

batterie, il se plaisait à répéter de temps en temps :
« Et on en donnera à Sébastopol, des bons boulets à
La Châtre. » Au demeurant, parfait officier, mais
entêté.

Il avait près de six pieds et la carrure des soldats
de Charlemagne. Ses mollets auraient rempli les bottes
évasées du temps de Louis XIV. Il était né pour porter
allègrement les lourdes armures des paladins, monter
leurs chevaux bardés de fer, et se battre tout un jour
avec une masse, une lance et une grande épée.

A l'époque où il n'était encore que simple lieutenant,
son colonel, exaspéré par son caractère opiniâtre, lui
dit :

— Lieutenant Richard, je vous ferai manger du fer.

— Je le digère, colonel.

En Crimée, le général B... passant une revue d'ins-
pection générale, avise le commandant Richard en
costume de Robinson, houppelande de poil de bique
et bonnet fourré. Ses filles de bronze étaient en belle
humeur et faisaient tout trembler. Après les avoir
présentées nominativement au général, celui-ci, sur
le point de s'éloigner, dit au commandant avec un
sourire :

— En campagne, et par un froid de Sibérie, l'uniforme n'est pas de rigueur... mais... est-ce que vos
hommes vous reconnaissent sous ce costume de fantaisie?

— Si mes hommes me reconnaissent, mon général?... Brochard, Varnier, Parisot!...

— Commandant! répondirent trois voix.

— Je ne vous dis que ça, ajouta modestement le
commandant en reconduisant le général, qui poursuivit sa visite sans formuler d'autre observation.

Il avait redemandé son grade pour la durée de la
campagne prussienne. Dans l'évacuation précipitée
d'Orléans, on n'avait pas adressé d'ordres particuliers,
et le commandant était resté seul à la porte de la ville
en disant à ses canonniers :

— Mes enfants, j'attends un ordre... Voilà le côté
des Prussiens. Celui qui voudra s'en aller de l'autre
aura la tête cassée... En batterie! chargez!

Tels étaient les deux soldats, seuls en présence à
cette heure sur la place d'Orléans, devant la statue de
Jeanne d'Arc.

— Une absinthe?... dit le capitaine Raquin.

— Sur le pouce, répondit le commandant Richard
en échangeant l'accolade militaire avec son vieux camarade. Je m'en vais.

— Qu'est-ce que tu faisais ici?

— Je n'avais pas d'ordre; j'ai attendu vingt-quatre
heures, et je rallie la colonne pour ne pas être porté
déserteur... Où est ton escadron?

— Au quartier.

— Viens-tu?

— Non... Je reste pour voir un hulan.

— Tu le verras.

— *Il n'y en a pas,* — *y en a pas,* — *a pas.*

— Convenu. Bonne chance. Adieu ou au diable, à *reboire.*

— Je te reconduis jusqu'à la rivière... La retraite est coupée.

— Ça m'est égal...Maréchal-des-logis, dites à mon ordonnance d'amener un cheval... Les hommes sur les caissons, au trot !

Le capitaine Raquin sauta en selle.

L'artillerie s'ébranla avec un bruit sinistre.

Un pont de bateaux était jeté sur le fleuve. Les deux frères d'armes se séparèrent à quelque distance. De loin, le capitaine Raquin put voir la petite colonne traverser le pont au galop de charge, sous le feu des Prussiens qui resserraient leurs lignes sur la rive droite de la Loire.

Quelques jours après, nos troupes réoccupaient Orléans. Les Prussiens n'étaient pas entrés.

Jeanne la Pucelle avait vu, dans cette heure d'agonie, deux soldats des armées françaises. Ils ne se doutaient guère, ces deux hommes obscurs, qu'ils étaient beaux, simples et grands comme les héros d'Homère.

En arrivant sur la place, le docteur aperçut le quatrième escadron des hussards en bataille. Il courut

au capitaine, rouge comme un homard, à la suite
d'un nombre indéterminé de verres d'absinthe.

— Bonjour, cher capitaine Raquin. Je suis bien
content de vous revoir, mais je vous certifie que l'absinthe à haute dose...

— *Il n'y en a pas!*

— Quoi?

— Des hulans! Point vu! Volé! Il n'y en a pas!
Cavalerie imaginaire! Il n'y en a pas!

Tout arrive. L'inflexible main qui mêle les destinées allait jeter au devant l'un de l'autre le capitaine
Raquin, des hussards, et Karl Siffer. Oui, le terrible
capitaine Raquin allait voir un hulan, un vrai hulan,
et le tenir au bout de son sabre. Mais n'anticipons
pas.

Pour la seconde fois, l'armée de la Loire évacuait
Orléans avec l'ennemi sur les bras. Le capitaine Raquin était à l'arrière-garde, en compagnie du commandant Richard, qui mâchait sa moustache.

— Raquin?...

— Tu dis?...

— Rien... non... rien...

Il y eut un long silence.

Le capitaine Raquin pleurait.

Ah! il faut avoir vu pleurer un soldat, un de ces
cœurs de lion et d'enfant qui vont à la mort avec bonne
humeur. Il pleurait, non d'être vaincu, c'est une chance

de la guerre, mais d'être vaincu par un invisible ennemi.

— Raquin! articula le commandant...

— Oui, oui, c'est fini... Que diable a-t-on fait de
toute l'artillerie française?...

— Voilà ce qui reste... des batteries de cuisine,
répondit le commandant Richard en haussant les
épaules... Nous nous battons contre des locomotives.

— Et on ne voit pas l'ennemi.

— Ça ne fait rien, Raquin. Si nous avions seulement un peu de canon, je me chargerais bien d'abor-
der à six cents mètres, et je leur ferais ronfler mes
boulets dans les oreilles... Je n'ai que trois batteries...
Mes hommes ont de la bonne volonté, mais ce n'est
pas avec cela qu'on fait des artilleurs...

— Quelle chienne de mécanique!

— Oui... Léocadie est à Paris, au fort de la Briche,
la bonne fille, murmura le commandant Richard avec
un soupir.

Pendant qu'ils devisaient ainsi, le chant d'un soldat
arriva à leurs oreilles.

C'était une chanson naïve sur un rhythme monotone:

— C'est un artilleur de Besançon, dit le commandant... Je reconnais cet air-là... Imprenable, Besançon.

— Et ça n'est fichtre pas dommage! répliqua le
capitaine Raquin.

CHAPITRE V.

Karl Siffer offre un bouquet de roses, achète un épervier et couronne son œuvre par la capture d'un ballon monté.

Dans le même temps Karl Siffer se pavanait à Orléans. Les lanciers français, les chasseurs à cheval et les hussards poussaient si avant leurs reconnaissances que les hulans ne s'aventuraient plus hors de la zone des lignes avancées. La cavalerie prussienne formait un immense rideau qui masquait tous les mouvements des armées. Rien ne passait.

Pendant cet intervalle de loisirs forcés, Karl Siffer, logé chez un notable de la ville, faisait de la musique, mangeait, buvait et s'ennuyait. Le temps des farces excellentes, des inimitables plaisanteries n'était plus guère qu'un souvenir.

Cependant, un matin, il eut comme une inspiration des beaux jours d'autrefois. Il fit confectionner un énorme bouquet de roses, et se présenta chez la maîtresse de la maison qu'il habitait.

Elle le reçut d'un air glacial, sans prendre la peine de lui cacher la surprise que lui causait sa visite.

— Madame, lui dit-il avec cette ironie froide et cette désinvolture cassante qu'il possédait au suprême degré, c'est aujourd'hui l'anniversaire de la naissance de *notre* illustre roi Frédéric-le-Grand.

— *Votre* roi, monsieur.

— Je dis : *notre* roi, à nous, Allemands.

— J'ignorais que c'était la fête de ce roi, répondit-elle avec indifférence.

— Permettez-moi, madame, de vous offrir ce bouquet qui vous en rappellera la date.

— Je suis en deuil, monsieur.

— La mortalité est très-grande à Orléans, sans doute ?

— Non, monsieur.

— C'est que toutes les femmes sont en deuil... Est-ce une nouvelle mode ?... Le noir leur va fort bien, en vérité... Daignerez-vous accepter ces fleurs, madame ?

Elle prit le bouquet, quitta la chambre et reparut au bout de quelques instants.

Karl Siffer triomphait.

— Madame, dit-il en se levant pour prendre congé, veuillez me pardonner la liberté que j'ai prise de vous offrir un modeste hommage. Les roses sont vos sœurs végétales. Elles seront fanées plus vite que la fleur du souvenir de l'hospitalité.

6

— Elles baignent dans l'eau, monsieur, et j'espère qu'elles garderont quelques instants de plus leur couleur et leur parfum.

— Mille grâces, madame.

Comme le capitaine Siffer, enchanté de lui-même, franchissait la porte de la rue, il fit une vilaine grimace.

Son bouquet était délicatement posé sur un tas d'épluchures de cuisine, et les tiges des roses trempaient dans le ruisseau.

Il y avait, comme cela, des jours où les sentiments poétiques du capitaine Karl Siffer n'étaient pas encouragés.

Ce jour-là, Karl Siffer fut d'une exécrable humeur. Il bouscula tous ses hulans, qui avaient célébré cet anniversaire chacun à sa façon.

Belfrancis avait renouvelé sa provision de papier à lettres au prix ordinaire de ses acquisitions, c'est-à-dire au moyen d'un bon sur les brouillards du Rhin.

Hermann, l'Homme rouge, le tanneur, avait acheté, au même prix, une cargaison de gilets de flanelle.

Le professeur de géographie avait pris des cartes chez un libraire.

Bruckner, le courtaud, avait emprunté trois paires de lunettes n° 8 à un opticien.

Enfin, l'Acrobate avait eu une conférence mystérieuse avec un pharmacien. Le Singe vert avait l'habitude de se droguer. Ce détail intime n'offrant aucun intérêt particulier, nous respecterons sa vie privée.

Seul, Karl Siffer avait les mains vides, depuis qu'on avait accepté l'hommage de son bouquet.

Comme il passait dans la grande rue, il s'arrêta devant la boutique d'un marchand d'oiseaux. Une idée bizarre illumina sa physionomie.

Il entra dans la boutique.

— Avez-vous des éperviers? dit-il au marchand.

— J'en ai un seul, monsieur.

— Bien. Mettez-le dans un panier, de manière à ce que je puisse l'emporter avec moi dans mes expéditions.

Le marchand d'oiseaux, sans chercher à deviner le sens de cette fantaisie, enferma l'épervier dans une petite cage d'osier, et Karl Siffer s'éloigna avec sa capture.

Le lendemain, de bonne heure, il fit sonner le boute-selle, et il reprit la campagne avec ses hulans. Sa mauvaise humeur de la veille était dissipée, il paraissait joyeux.

— Belfrancis? dit l'Homme rouge.

— Ya, ya.

— J'ai l'idée que le capitaine va recommencer les bêtises, hein?

— Ah! oui, dit Belfrancis. J'en suis bien désolé...
Ma lettre n'est pas finie...

— A qui écris-tu donc tous les jours?

— A des femmes, des divinités...

— Ici?

— Ya.

— Qu'est-ce qu'elles t'ont répondu?

— Rien du tout.

— Et tu écris tout de même?... Tu as de la chance,
toi... Je voudrais bien savoir la nouvelle invention
du capitaine. Il a un épervier.

Le ciel était gris et couvert comme un ciel de Hollande. D'instant en instant, le professeur de géographie, armé d'une lunette marine, interrogeait l'espace.

— Le camarade, dit le Singe vert, cherche des
planètes en plein midi. Occupation scientifique. Découverte utile à l'humanité.

— Capitaine! capitaine! cria tout à coup le géo-
graphe en lui tendant sa lunette d'approche.

Karl Siffer braqua l'instrument. Un point noir
apparaissait sous l'horizon.

— C'est sans doute un ballon, dit le Singe.

— Non, dit Karl Siffer, ce n'est pas un ballon.
C'est un pigeon voyageur qui va à Paris.

— Tiens, oui, c'est le facteur! dit le Singe.

. . . .
. . . .

Alors que Venise était capitale d'une province autrichienne, que la ville du carnaval était en deuil, que ses palais de marbre, jadis si pleins de bruit et de lumière, étaient vides et sonores comme des mausolées, les blanches sentinelles allaient et venàient au milieu de ce cimetière, sur les escaliers du grand canal, arpentant les ponts comme des automates chargés de garder des ombres. Les gondoles ne glissaient plus sur le miroir liquide, les chansons ne s'envolaient plus dans l'implacable ciel d'azur. On n'entendait que le vague murmure de l'Adriatique, faible comme un soupir, triste comme une plainte, et l'écho des pas réguliers des lourds dominateurs de Venise.

Ceux qui étouffaient l'Italie esclave, punissant la main qui lançait à quelque *diva* un bouquet de roses mousseuses et de lis, parce que ces fleurs portaient les couleurs de Savoie, ceux qui soupçonnaient tout, même un air de musique, n'avaient respecté qu'un souvenir de Venise, ses oiseaux sacrés, *les pigeons bleus de Saint-Marc.*

Un jour, la sentinelle en faction sur la place remarqua un des pigeons familiers qui portait à son cou une faveur verte, blanche et rouge, attachée sans

6.

doute par une main de femme, car les femmes sen-
tent plus vivement les douleurs de la patrie.

L'oiseau favorisé volait dans le ciel.

Le factionnaire suivait son vol avec inquiétude,
grommelant entre ses dents des jurons tudesques,
furieux de ne pouvoir venger l'injure faite par un
pigeon à l'aigle d'Autriche. Quelques rares prome-
neurs souriaient avec ironie de cette satire ailée qui
narguait l'oppresseur, lorsque, tout à coup, la sentinelle exaspérée interrompt sa promenade, apprête
son arme et met en joue.

Le pigeon bleu, blessé à mort, s'abattit en tour-
noyant sur le pavé.

Ce fut un deuil dans la ville, et les Vénitiens
firent des funérailles au pigeon bleu, qui dort sous
une dalle de la place Saint-Marc.

Un jour, sans doute, quelque poëte soupirera cette
élégie, et le *Pigeon de Venise*, enseveli dans le linceul du rhythme d'or, sera immortel comme le *Moi-
neau de Lesbie*, puisqu'ils sont morts tous deux, l'un
pleuré par l'Amour, et l'autre par la Liberté.

C'était bien un pigeon voyageur que Karl Siffer
tenait au bout de sa lunette.

Avant de partir, le messager des airs avait fait sa
toilette à Tours. De son bec rose, il avait lissé les
plumes de ses ailes, fil par fil. Jamais coureur, un
jour de jeux olympiques, jamais patricienne, un soir

de bal, n'ont mis plus de soin, plus de coquetterie à préparer leur victoire.

Des hauteurs sidérales, son œil interroge les villes, les villages, les champs, les collines, les fleuves, les clochers, tous les jalons terrestres du chemin déjà parcouru dans les routes de l'atmosphère. Sa compagne l'attend. Il ignore que ses ailes emportent des messages de guerre et de mort, le souvenir des absents, peut-être un peu d'amour et d'espérance aux prisonniers enfermés dans un cirque de pierre.

Le frère du pigeon bleu de Saint-Marc vole haut, hors de portée des balles. Il ne sait pas que ces sauterelles noires, qui grouillent dans les plaines, le suivent des yeux et l'accompagnent de leurs malédictions. Il nage dans l'étendue, insoucieux et libre. Chaque coup d'aile le rapproche de l'horizon fumeux de la grande ville où il va s'abattre au colombier.

Karl Siffer avait entr'ouvert la cage suspendue à l'arçon de sa selle, qui renfermait l'oiseau de proie. L'épervier passa la tête, et, comme l'aiguille aimantée vire au pôle, son œil fixe distingua le pigeon voyageur. La cage ouverte, il poussa un cri guttural, donna de grands coups d'aile, et fila dans la nue.

Karl Siffer le suivait avec anxiété.

Soudain il poussa un hourra répété par tous les hulans avec une joie sinistre.

L'épervier venait d'atteindre le courrier aérien.

— Invention sublime ! dit l'Homme rouge au comble de l'admiration... Bonne farce aux Parisiens !

— Ah ! ah ! dit le Singe, l'épervier va manger le pigeon... Pour celle-là, c'est une plaisanterie aux petits pois.

Un des traits du caractère de Karl Siffer était de ne pouvoir rester en place. La vie régulière lui était odieuse. L'habitude des voyages lui avait donné le goût des changements de décor.

L'histoire de l'épervier et du pigeon voyageur se répandit et eut un énorme succès dans le camp prussien. Elle fut racontée dans les journaux d'Allemagne et valut à son auteur des témoignages flatteurs de l'admiration de ses compatriotes. Mais Karl Siffer ne s'endormait pas sur ses lauriers. Il lui fallait du nouveau. Depuis quelque temps, il combinait le plan d'une entreprise extraordinaire : la capture d'un ballon.

Il tenait la campagne dans l'espoir qu'un vent favorable chasserait de son côté cette proie désirée. Plus d'une fois il vit passer sur sa tête les messagers aériens, mais ils jouaient à son bénéfice la fable du *Renard et des raisins*. Ils étaient trop verts et ils nageaient trop haut. Il avait déjà passé près d'une semaine en observation sous le vent et désespérait de réussir dans sa tentative, lorsqu'un jour, par une claire matinée, il distingua un ballon qui descendait visiblement.

De minute en minute, des nuages de poussière témoignaient qu'il jetait du lest pour se maintenir hors de portée.

— Ce ballon est en détresse, dit Karl Siffer... Donnons-lui la chasse. Le chemin est libre. En route, camarades !

Les hulans lancèrent leurs chevaux en poussant des cris de triomphe.

Le ballon déclinait.

Une fuite s'était déclarée dans l'appareil renfermant le gaz hydrogène. La manœuvre devenait difficile, et il ne gouvernait plus.

Après avoir épuisé son lest, le marin qui le montait comprit que tout effort humain était désormais inutile, et il ne songea plus qu'à atterrir dans un endroit favorable et à sauver ses dépêches.

Le ballon descendait toujours. A mesure qu'il se rapprochait de la terre, sa course se ralentissait sensiblement. Emportés par l'ardeur de la poursuite, l'œil fixé sur leur proie qui fuyait encore, les hulans dévoraient l'espace.

Comme le ballon planait sur un village dont il rasait les toits, l'aéronaute jeta l'ancre. Elle écorcha plusieurs toitures, mais sans pouvoir s'accrocher à un obstacle capable de résister. Se voyant poursuivi et

ne pouvant se maintenir, le marin jeta ses dépêches
sur le village, dans l'espoir qu'elles seraient recueil-
lies et cachées.

Karl Siffer, qui serrait de près, les avaient vues
tomber.

— Hermann ! cria-t-il, à toi ! cinq paquets !

L'Homme rouge arrêta son cheval.

L'Acrobate, qui le suivait à quelque distance, le
rejoignit bientôt, et lui demanda s'il ne lui était pas
arrivé quelque accident.

— Non, dit le tanneur, le capitaine m'a recommandé les dépêches. Elles sont tombées là. Viens
avec moi.

A la suite d'un entretien avec le maire, l'Homme
rouge obtint la remise d'un paquet trouvé au milieu
de la place. C'est en vain qu'il fit tambouriner à son
de caisse que les habitants étaient tenus, sous peine
d'être traduits en conseil de guerre, d'apporter à la
mairie les dépêches tombées dans le village, celles
qui manquaient ne se retrouvèrent pas.

L'Homme rouge et le Singe devisaient paisiblement, attablés dans un cabaret.

— Il y avait cinq paquets, dit le Tanneur, et nous
n'en avons qu'un. Le maire dit que les autres ont
dû tomber sur les toits.

— Ils sont plutôt dans les caves, répondit le Singe ;

mais, ajouta-t-il, j'aime mieux y trouver du vin que des papiers.

— Moi aussi... A ta santé, Singe.

— A la tienne, camarade.

Dans sa chute, le paquet de dépêches s'était éventré. Il renfermait, sous un petit volume, plusieurs milliers de lettres particulières écrites sur papier pelure d'oignon, dont le poids ne pouvait excéder quatre grammes. Les deux hulans, pour se distraire, en ouvrirent quelques-unes.

— C'est toujours la même chanson, dit l'Homme rouge en se versant à boire : des parents, des amis séparés... C'est bien drôle qu'ils aiment mieux manger des rats et des chiens que de faire la paix.

— Tiens, dit le Singe qui, de son côté, opérait le dépouillement, voici une correspondance d'un garde national qui ne manque pas de gaieté. Ecoute, Tanneur.

Il lut :

« On commence à s'habituer au siège. Depuis l'investissement, les Parisiens ont changé de caractère. Ils se considèrent comme les passagers d'un navire qui ne bouge pas, ou comme des Robinsons dans une île bien approvisionnée. A deux millions, on ne s'ennuie pas.

» Les Prussiens, qui étudient tout à la loupe, n'ont pas encore trouvé *la petite bête*, et ils ne comprennent rien à cette belle humeur. Ce qui les ta-

quine, c'est de voir que la géométrie ne prend pas
avec nous. Ils avaient fait une foule de combinaisons
mathématiques, d'où il résultait que $H + y - 2$
devait donner la valeur de x. X, c'était nous.

» Par suite d'autres calculs de triangles, de cir-
conférences, d'axes, de sinus et d'autres machines,
ils devaient obtenir des solutions triomphantes. Il y
a des *forts* dans la garde nationale qui expliquent
ces belles choses-là, car on dit presque autant de
bêtises qu'on tire de boulets de canon. En somme,
les bons Allemands me paraissent chercher la *qua-
drature du cercle des fortifications*, et ils en sont au
carré de l'hypothénuse. Le *pont aux ânes* n'a pas encore sauté. »

— Eh bien, c'est très-spirituel, dit le Singe après
la lecture de ce fragment. Le capitaine va joliment
s'amuser à lire toutes ces lettres-là.

— Oh! oui, bonne farce, excellente plaisanterie.

— Il faudrait avoir un pigeon voyageur et envoyer
les réponses.

— Bonne idée, dit le Tanneur... Singe, tu ne bois
pas.

— Si... en voilà assez pour la littérature. Ficelons
le paquet solidement. Le ballon n'a pas dû s'abattre
bien loin, et le capitaine ne tardera pas à revenir...
Cherchons-nous les autres dépêches? demanda le
Singe.

— Ma foi, non... As-tu ta peau de grenouille? interrogea à son tour l'Homme rouge, que le vin mettait en belle humeur.

— Oui, elle est dans une de mes fontes.

— Va la chercher.

L'Acrobate obéit au désir de son sous-officier, et il reparut au bout de quelques instants avec sa peau de grenouille en caoutchouc. Après s'être dépouillé de son shapska, de ses bottes, de sa tunique et de son pantalon, il s'intercala dans l'enveloppe du batracien et se mit à sauter comme une balle élastique.

Ce spectacle était, comme on l'a dit, la récréation favorite du tanneur. L'Homme rouge semblait au comble de la jubilation ; il admirait le Singe vert, il l'encourageait, il l'applaudissait, il trouvait cette métamorphose digne des meilleures farces, des plaisanteries les plus désopilantes de l'incomparable capitaine Karl Siffer.

. . . .

Le ballon, qui se dégonflait à vue d'œil, s'était abattu en bondissant à un kilomètre du village. Aux premiers soubresauts, le marin avait sauté hors de la nacelle et s'était cassé la jambe.

— Ne vous occupez pas de l'homme, dit Karl Siffer, c'est un *Véritable messager boiteux*. Abandonnez la nacelle, pliez le ballon, et décampons au plus vite, car nous sommes hors de nos lignes.

7

Ces ordres s'exécutèrent avec célérité. Le ballon vide fut roulé comme un manteau, et sanglé à l'arrière de la selle d'un cavalier.

CHAPITRE VI.

Où le capitaine Raquin, cherchant un hulan, trouve une
grenouille. — Mort de quelques hulans.

Le capitaine Raquin, campé en plaine aux avant-
postes français, persistait de plus en plus dans la né-
gation absolue de toute cavalerie prussienne. Il était
devenu taciturne et avait augmenté d'un verre le
chiffre habituel de ses « *perroquets* » journaliers.

C'est en vain que le docteur fidèle et le commandant Richard, son inséparable compagnon depuis le
départ d'Orléans, s'ingéniaient à le distraire et à dissiper ses idées moroses, le capitaine répondait à ces
consolations par un mot énigmatique : « *Plus de coup
de reins.* » Par ces paroles, il entendait qu'il n'y
avait plus un ressort suffisant pour faire reculer « *les
locomotives.* »

— Nous sommes f....., dit le capitaine Raquin en
guise de conclusion.

— Ça me fait cet effet-là, répliqua le commandant
Richard. Le moment est venu de faire sauter les
caissons.

— Buvez un verre, capitaine, insinua le docteur.
Un de plus, un de moins...

— J'en ai bu onze... je vois rouge... rouge comme
du sang... Il faut que je sabre quelque chose pour
me dégourdir... sans cela je ne digérerai pas mon
déjeuner... Lieutenant, ajouta-t-il en s'adressant à
un jeune officier assis à sa table, votre père était
un soldat?

— Oui, mon capitaine.

— Faites monter mes hommes à cheval.

Quand l'escadron fut aligné, le capitaine Raquin
s'avança sur la ligne de bataille :

— Hussards du quatrième escadron, dit-il, je ne
veux pas vous faire l'injure de demander des hommes
de bonne volonté. Nous allons aller ensemble crever
le carton à la cavalerie prussienne, puisqu'on dit
qu'il y en a une.

— Tous, capitaine, tous !

— Eh bien ! mes enfants, pour la France ! Nos
chevaux nous porteront à l'avant-garde. En fourrageurs ! Charge à volonté ! Sabres !

— En fourrageurs ! Charge à volonté ! Sabres !
répétèrent les officiers et les sous-officiers.

L'escadron s'envola comme un tourbillon de feuilles
sèches au vent du nord.

Les chevaux filaient ventre à terre.

— Tonnerre du ciel ! j'y vais, s'écria le commandant Richard... Il n'y a pas de consigne qui tienne. Mon cheval!...

— J'y vais aussi, dit le docteur, le capitaine est enragé.

— Deux chevaux! cria le commandant Richard.

Ce fut une course insensée.

Après une heure de galop de charge, tous se retrouvèrent au milieu d'un village.

A la même heure, le capitaine Karl Siffer, emporté par son ardeur à la poursuite du ballon en détresse, ne se doutait guère que le chemin de retour était coupé par un escadron de hussards français. Comment eût-il supposé que des éclaireurs s'approcheraient des lignes prussiennes, gardées par douze mille hommes de cavalerie, quatre divisions d'infanterie et trente batteries de canon. C'était une telle folie, un tel rêve d'aller se jeter tête baissée contre cette triple muraille, que les hulans, apercevant des cavaliers, n'auraient pas ralenti le pas de leur monture avant de se trouver nez à nez avec les hussards du capitaine Raquin, et de constater que c'étaient bien des Français qu'ils avaient devant eux.

La route que venait de parcourir l'escadron de hussards aboutissait au village, formant un angle avec le chemin suivi par les hulans dispersés dans la plaine environnante.

Le capitaine Raquin s'était arrêté sur la place, près du lavoir de la fontaine où quelques femmes battaient du linge.

Une jeune paysanne s'avança à sa rencontre et lui dit, en désignant du geste le cabaret où l'Homme rouge et l'Acrobate s'étaient attablés à leur arrivée :

— Monsieur l'officier, n'entrez pas là tout seul.

— Pourquoi ?

— Il y a deux hulans.

— Deux hulans ! exclama le capitaine en sautant à bas de son cheval, c'est le ciel qui les envoie... Docteur, cria-t-il, deux hulans !... Là... Attendez-moi.

Le capitaine tira son sabre et ouvrit la porte du cabaret.

La salle était vide.

— Disparus ! cachés ! grogna le capitaine Raquin, promenant un regard circulaire autour de lui.

Il frappa à une porte qui donnait accès dans la cuisine.

Le cabaretier se montra.

— Où sont-ils ? dit le capitaine sans préambule.

— Les deux hulans ?

— Oui.

— Voici toujours leurs bouteilles et leurs verres ..

Il y en a un qui doit avoir filé... et voilà l'autre, ajouta le cabaretier en désignant une masse noire immobile dans un angle de la salle.

C'était l'Acrobate, métamorphosé en grenouille. Dans la précipitation de sa fuite, le Tanneur avait refermé la porte sur l'infortuné batracien.

— Ça?

— Oui, monsieur le capitaine, c'est un hulan. Ses habits sont dans l'écurie.

— Nous allons bien voir, dit le capitaine Raquin.

Il pointa son sabre.

Le paquet noir s'enleva et, d'un bond prodigieux, alla retomber d'aplomb à l'extrémité de la salle.

— Ça, un hulan? répétait le capitaine Raquin à l'aspect de cette énorme grenouille.

— Oui, c'en est un qui était en train d'amuser l'autre... Il n'a pas pu ouvrir la porte.

— Je crois bien, dit le capitaine en éclatant de rire.

Il lui envoya un coup de pied magistral en murmurant : « *Dans le mille!* »

A chacun de ses gestes, la grenouille faisait un petit saut de côté, prête à bondir devant la pointe du terrible sabre.

— Hulan, entends-tu le français des hussards? dit enfin le capitaine Raquin.

— Oui, capitaine, répondit une voix tremblante, étouffée par l'enveloppe de caoutchouc.

— Eh bien, qu'est-ce que tu fais là ?

— Vous voyez, je faisais la grenouille.

— Tu mérites que je t'embroche comme un sale crapaud... Où est ton camarade?

— Il a pu se sauver, lui, répondit la voix du batracien avec amertume.

A ce moment, le commandant Richard et le docteur venaient d'apparaître sur le seuil de la porte d'entrée. Le spectacle du capitaine Raquin, le sabre nu à la main, parlementant avec une grenouille colossale, était tellement désopilant que ses deux compagnons furent pris d'un rire fou, nerveux, inextinguible.

A la fin, le capitaine reprit d'un ton de colère concentrée :

— Allons, hulan, sors de ta peau !

La tête de la grenouille s'abattit comme un capuchon.

La figure bouleversée du Singe vert émergea, puis deux bras s'allongèrent et un torse apparut. Enfin, complétement dépouillé de son enveloppe, collée à son corps comme la tunique de Déjanire, l'Acrobate se dressa sur ses longues jambes, dans le simple appareil d'un hulan en caleçon.

— Va mettre ton uniforme.

Le hulan se glissa dans l'écurie.

— Ai-je du guignon, hein? dit le capitaine Ra-

quin en replongeant brusquement son sabre au fourreau. On me dit qu'il y a deux hulans dans ce cabaret.
J'entre, je regarde, et qu'est-ce que je trouve? Une
grenouille !

— En effet, dit le docteur d'un ton sérieux, on se
croirait à une représentation des *Pilules du Diable*...
En fait de surprise, les Prussiens ne feront pas mieux.

Au bout de quelques instants, l'Acrobate reparut
dans son véritable costume.

— Ah ! ah ! dit le capitaine Raquin avec un soupir
de soulagement, voilà donc un hulan, un vrai hulan.
Maintenant, j'ai vu comme c'est fait... F...-moi le
camp, reprit-il brusquement, je ne suis pas venu ici
pour ramener prisonnier un crapaud comme toi.

L'Acrobate ne se fit pas répéter l'ordre deux fois.
Il salua militairement, franchit la porte, saisit son
cheval par la crinière, l'entraîna au pas de course, et
sauta en selle avec l'agilité d'un écuyer qui fait la
voltige.

Toute cette scène s'était passée en quelques minutes.

— Fichtre ! dit le capitaine Raquin, il n'y a pas un
homme, au quatrième escadron, capable de s'enlever
à cheval comme ce hulan-là.

Après avoir rendu ce légitime et sincère tribut
d'admiration au cavalier fugitif, le capitaine Raquin
et ses deux compagnons enfourchèrent leurs mon-

7.

tures, prirent la tête de l'escadron et se dirigèrent à travers la plaine où le ballon s'était abattu.

Les hulans avaient déjà regagné la grande route. Le capitaine Karl Siffer crut d'abord à l'approche d'un détachement prussien en reconnaissance ; mais à la vue de la charge infernale qui arrivait sur lui à fond de train, il ne poussa qu'un seul cri, ce mot magique :

— Les hussards !

— Les hulans ! les hulans ! criait de son côté le capitaine Raquin avec une folle joie, en enfonçant ses éperons dans les flancs de son cheval, les hulans ! Chargez ! A mort !

— A mort ! hurlaient les hussards.

La chasse commença dans toutes les directions, sur la route, à travers champs, dans le village. Les hulans fuyaient éperdus, couchés sur le cou de leurs chevaux.

Le capitaine Raquin avait enfilé la route.

Le premier cavalier qu'il rejoignit était Belfrancis, dont le cheval aux allures pacifiques était resté en arrière. Sans prononcer une parole, sans arrêter sa course, le capitaine lui fendit la tête au passage.

A quelque distance, l'Homme rouge, échappé du cabaret, excitait le cheval massif qui portait l'énorme poids de sa lourde personne.

En l'atteignant, le capitaine ralentit l'allure de sa

fine jument, la *Gambade*, et l'enleva, puis, d'un coup
de pointe en arrière, il plongea son sabre dans la
poitrine du colosse prussien.

Pendant que ses hussards galopaient dans tous les
sens, sabrant ce qui tombait sous leurs coups, le
capitaine Raquin, enivré par la course, filait droit
devant lui, cherchant à gagner de vitesse un cavalier
qui détalait avec une rapidité extraordinaire. Plusieurs hulans, qui semblaient protéger sa fuite, aper-
çurent le capitaine en retournant la tête; mais ils
n'osèrent s'arrêter pour lui barrer le chemin, et il
passa au milieu d'eux sans même essuyer une bordée
de pistolets. Le capitaine Raquin supposait, et non
sans raison, à l'élégance de la monture, que celui
qu'il poursuivait devait être l'officier des hulans.

Il lui fallait cette proie.

La *Gambade* dévorait l'espace.

Il l'excitait de l'éperon et de la voix :

— Hop-là! hop! la *Gambade!* Attrape le hulan,
ma bonne fille! Hop-là! hop! nous gagnons la course!
Hop-là! hop! Au hulan! hop!

Il traversa le village comme un coup de vent. De
l'autre côté, cent pas à peine le séparaient du fugitif.

— Halte! cria le capitaine Raquin arrivé à portée
de la voix.

Craignant un deuxième avertissement formulé à

coups de revolver, le cavalier s'arrêta court à quelques mètres d'un tournant de la route.

— Officier! cria-t-il.

C'était Karl Siffer.

— Très-bien, très-bien, monsieur, articula le capitaine Raquin. J'avais envie d'un sabre prussien.
Veuillez m'offrir le vôtre. Ce souvenir me sera dou-
blement précieux.

Karl Siffer déboucla son ceinturon, et lui présenta
ensemble le sabre et le fourreau.

— Pourquoi de la main gauche? demanda le capitaine Raquin, familier avec les surprises et les ruses
de guerre.

— Je suis blessé à la main droite... Voyez plutôt,
dit Karl Siffer étendant le bras et lâchant un coup de
pistolet.

La route faisait un coude. Il piqua des deux et disparut.

La *Gambade* trembla un instant sur ses jambes. Le
capitaine Raquin mit pied à terre et constata qu'elle
avait une balle dans le poitrail. Bientôt elle tomba
au milieu du chemin, puis s'allongea dans une dernière crise en fixant sur le maître son œil intelligent.

— Adieu, bonne fille, dit le capitaine Raquin.

Ce fut l'oraison funèbre de la *Gambade*.

La générosité bien connue de Karl Siffer suffit à
expliquer sa conduite, toujours dictée par une logi-

que inflexible et une prudence consommée. Des hussards, en effet, pouvaient être en avant sur la route, et le ramener prisonnier entre les mains du capitaine Raquin. Il avait tué son cheval pour s'échapper; c'était de bonne guerre, et il lui restait la ressource de faire valoir cette considération qu'il aurait pu tirer sur le capitaine.

Il est vrai qu'il avait rendu ses armes, et que cette manière de se constituer prisonnier n'était pas d'une régularité parfaite; mais, à la guerre comme aux échecs, Karl Siffer ne connaissait qu'un principe : *gagner*. Aussi, se voyant hors d'atteinte, il se félicita d'avoir échappé aux sabres des hussards français, et leur capitaine lui sembla aussi naïf et aussi ridicule que le comte de Ravigny, commandant des Eclaireurs de la Loire.

Une fois rentré dans les lignes prussiennes, il attendit le retour de ses cavaliers. Ceux qui avaient échappé ne se firent pas longtemps désirer, mais ils étaient en petit nombre. Il apprit par eux que Belfrancis avait la tête fendue et Hermann la poitrine crevée.

Une heure après, les ambulanciers se rendirent sur le terrain du combat pour recueillir les blessés et relever les morts, dispersés à travers la plaine et les chemins. Sur les trente cavaliers qui composaient la troupe, dix-huit manquaient à l'appel : Sept tués, cinq blessés, six disparus.

Ce ne fut que le lendemain qu'il eut des nouvelles de l'Acrobate. Saisi par le vertige de la peur, le Singe vert ne s'était arrêté qu'à Orléans.

Le capitaine Karl Siffer le trouva à l'hôpital, en proie à une fièvre violente et à des accès de délire. Il s'imaginait toujours être métamorphosé en grenouille, et croyait encore sauter pour éviter la pointe d'un sabre de Damoclès.

Le soir de cette expédition, le capitaine Raquin fit son entrée au camp, ramenant cinq hulans prisonniers, et porteur des dépêches du ballon perdu.

— Eh bien, Raquin, dit son colonel avec bonne humeur en lui donnant une poignée de main à l'arrivée, vous les avez vus, les satanés hulans !

Le capitaine Raquin tira son sabre rouge du fourreau, l'essuya sur la crinière de son cheval, et dit :

— Ils m'ont tué la *Gambade*, pauvre fille, mais on les a ramenés, les hulans !

— Et vous y croyez, maintenant ?

— J'ai encore certains doutes, colonel.

— Pour le coup, Raquin, c'est trop fort !

— Permettez, colonel, permettez... Je ne conteste pas l'existence des hulans ; mais, quand on les approche de près, ces animaux-là, comme dans les féeries, ont la singulière faculté de se changer en grenouilles... Cavalerie fantastique !

CHAPITRE VII.

Les étapes du capitaine Karl Siffer.

Certes, si l'Odyssée du capitaine Karl Siffer ne mérite pas d'être chantée dans un poëme héroïque, les farces ingénieuses, les excellentes plaisanteries qui constituent ses états de service ne nous semblent pas indignes d'une mention sommaire dans le récit de ses aventures.

Il était arrivé à Versailles à la fin du mois de septembre 1870, quelques jours après l'investissement de Paris. Le 16, à Juvisy, il avait eu le plaisir de tirer quelques coups de feu sur le dernier train de Paris à Orléans.

En étudiant l'histoire, un fait m'a vivement frappé et n'est jamais sorti de ma mémoire. C'est le *siége de Sybaris*, Sybaris la ville aux lits de fleurs, et célèbre par la feuille de rose pliée qui avait troublé la sieste d'un patricien.

Or, de tous les siéges fameux dans les annales, celui de Sybaris est le plus héroïque, et ses habitants voluptueux s'ensevelirent sous ses ruines, debout sur leurs remparts comme Sardanapale sur son bûcher, dans les flammes d'une sublime apothéose.

Plus tard, j'ai souvent réfléchi à ce souvenir, y cherchant le sens mystérieux d'une profonde allégorie. Sybaris assiégée au milieu d'une fête, Sardanapale mourant avec ses trésors, ses femmes et ses esclaves au milieu d'un festin, m'apparaissent comme une légende sacrée.

Homère avait bien montré l'Olympe descendant sur la terre; il avait chanté les combats des dieux contre les héros mortels, où Vénus était blessée, où l'Amour pleurait à la vue d'une goutte de sang sur son écharpe rose.

Mais Sybaris en armes derrière ses murailles, Sardanapale souriant dans son linceul de flamme, c'était la Volupté belle et sévère, la Débauche pâle et stoïque, c'était Vénus portant l'égide, la cuirasse, le casque et la lance de Minerve.

Des siècles se sont écoulés, et comme pour attester que la fable peut se confondre avec l'histoire, la fiction se mêler à la réalité, Paris a donné au monde l'exemple de Sybaris.

Quand l'ennemi approcha, Paris regarda ses murailles.

On vit alors un étrange spectacle : de vieux pro-
fesseurs brouettent la terre des fortifications, les
petits crevés montent la garde avec de lourds fusils,
les cocodettes fabriquent des cartouches. On emplit les
greniers d'abondance. Les squares, les parcs, les jardins reçoivent des troupeaux. Les gueules des canons noirs s'allongent sur les remparts, les ponts-
levis ferment les portes. De temps en temps, une
formidable détonation ébranle le ciel et la terre :
c'est un pont qui saute. Les faubourgs fraternisent,
le faubourg Saint-Antoine et le faubourg Saint-Ger-
main, la chaussée d'Antin et Belleville, la Madeleine
et la place Maubert. Il n'y a plus d'armée française,
il n'y a que des *bizets* et des *moblots*. Le café au lait
manque, les portières ne se plaignent pas.

Paris s'était levé, comme un débauché couronné
de fleurs qui voit luire le fer d'un assassin, comme
don Juan, l'épée à la main devant la statue du Commandeur.

. . . .

A Versailles, Karl Siffer avait visité le palais et le
parc de Louis XIV, et il n'avait pu résister à l'orgueil superbe d'écrire son nom sur l'orteil des statues
colossales des grands capitaines alignées dans la
cour d'honneur du Château.

Il n'avait pas non plus oublié Trianon, Trianon,
palais champêtre et royal village, à peine âgé d'un

siècle, dont le temps n'a pas encore rongé le marbre, bruni la pierre et pourri le chaume.

Louis XV en habit de soie et ses marquises poudrées à la maréchale avaient erré sous ces charmilles.

Napoléon s'était promené dans ces allées, rêvant peut-être sa marche sur Berlin.

La Convention avait respecté ce joyau de la Couronne.

Deux rois avaient dormi là, fugitifs sur la route de l'exil.

Et lui, le hulan, s'arrêtait devant le *Temple de l'Amour* à l'élégante et frêle colonnade. En sortant de la *Grotte*, il se promenait dans le *Village*, entrant dans les *Chalets* et dans les *Chaumières* tapissées de lierre, au *Presbytère*, dans la *Maison du bourgmestre* Louis XVI et la *Laiterie* de la fermière Marie-Antoinette.

Le hulan aux bottes épaisses imprimait son talon sur le sable des allées désertes. Son pied lourd foulait les vertes pelouses, les champs de roses.

Pour se distraire, il explora les bois qui entourent Versailles, Satory et les Buttards, Saint-Cyr, Chevreuse, Port-Royal.

Longtemps il erra à l'aventure dans les environs de Paris, jadis si charmants, abandonnés, ruinés, déserts, allant des riants coteaux d'Enghien et de Montmorency aux vallées de la Marne, au pied des

vertes collines qui ondulent de Joinville-le-Pont à
Champigny, de l'Ermitage de Jean-Jacques au Grand-
val aimé de Denis Diderot.

Le fer de son cheval avait marqué sa trace sur les
routes et les sentiers, à Ville-d'Avray et à La-Celle-
Saint-Cloud, aux villas enfouies dans leurs nids de
verdure, à Louveciennes, le Trianon de la Dubarry,
à Saint-Cloud et à Meudon, à l'île de Croissy, chère
aux canotiers, à Bellevue.

Partout il avait laissé quelques souvenirs de son
passage, préludes de ces inimitables créations qui
devaient obtenir plus tard l'admiration de l'Homme
rouge, de Belfrancis et du Singe vert.

Un jour, il avait eu la fantaisie de déjeuner sur la
terrasse de Saint-Cloud, au pied de la Lanterne de
Démosthènes. C'était au commencement d'octobre.

A ses pieds s'étendait l'immense panorama de
Paris couché sous l'horizon comme un tigre au soleil. Au moment où il débouchait une bouteille de
champagne, une autre détonation se fit entendre à
quelque distance, et une balle siffla à ses oreilles,
quelque mauvaise farce, sans doute, d'un garde
maladroit.

Cependant cette circonstance frivole détermina
Karl Siffer à changer d'air. Il demanda et obtint la
faveur d'éclairer la marche des armées qui opéraient

du côté de la Loire, et on a vu qu'avec toute la prudence du monde et les dons les plus heureux de la
nature, le métier de hulan n'était pas exempt de
vicissitudes.

CHAPITRE VIII.

Karl Siffer compose deux épitaphes et achète un cigare.

Après la reprise d'Orléans, les troupes allemandes se rapprochèrent du Centre et leurs opérations devinrent plus rapides. Des camps et des armées se formaient sous leurs pas, les villes ouvertes se défendaient. Le rôle de hulan devenait un métier difficile.

Karl Siffer était morose et broyait du noir. Il avait reconstitué la troupe qu'il commandait et l'avait renforcée de vingt hommes, ce qui portait à cinquante le nombre de ses cavaliers. De ses anciens compagnons il ne lui restait guère que l'Acrobate, le Singe vert, capable d'apprécier son génie.

A la suite de son aventure avec le comte de Ravigny, il se tenait hors du cercle actif des éclaireurs de la Loire. Il savait que le damné braconnier dont il avait pendu la femme, à la grande jubilation du Tanneur, lui gardait toujours une balle en réserve.

S'il avait pu oublier un instant l'affront qu'il avait reçu en présence de ses compagnons, la cicatrice de la glorieuse blessure, imprimée sur sa face par le couteau de Jacques Merlin, l'en aurait fait souvenir. Depuis lors, jamais personne n'avait vu son front à découvert, et le shapska, pour nous servir d'une expression militaire, était vissé sur sa tête. Mais il avait un ennemi bien autrement dangereux et dont le nom seul lui donnait la fièvre : c'était le capitaine Raquin, qui tenait la campagne avec le quatrième escadron de hussards.

On peut dire, sans aucune exagération, que le capitaine Raquin était devenu complétement enragé. Il s'agitait dans le vide. Par moments, des doutes à l'endroit de la cavalerie prussienne assiégeaient son esprit et reprenaient une nouvelle consistance. Cependant le sabre du capitaine des hulans, pendu à son côté, le ramenait à un sentiment plus exact de la réalité des choses.

Après le bombardement au pétrole de Châteaudun, l'héroïque petite ville ouverte qui s'était défendue sans secours, l'ennemi menaçait le Mans, où le commandant Richard avait installé ses batteries.

Karl Siffer combinait alors quelques-unes de ces ingénieuses créations destinées à combattre la mélancolie.

Un matin, il reçut la nouvelle de la mort de son

ancien favori Bruckner, le courtaud de pharmacie, le jeune guerrier auquel il avait fait donner un avancement rapide aux avant-postes, pour avoir falsifié l'histoire de ses deux coups de sabre.

Le perfide Bruckner avait racheté une minute de faiblesse et d'ingratitude par une mort incontestablement héroïque.

Son cheval s'étant déferré du pied gauche de devant, il avait eu l'audace d'entrer dans un prochain village et de s'adresser carrément au maréchal ferrant de l'endroit.

Ce maréchal ferrant avait une mauvaise figure. Après avoir toisé le hulan des bottes au shapska, il lui avait dit, de ce ton rogue qui sied mal au vaincu:

— Vous voulez que je ferre votre cheval?

— Oui, tout de suite.

— Tout de suite?... Tenez le pied de la bête.

L'héroïque hulan avait donc soulevé le pied de l'animal et le tenait dans ses mains. Le maréchal ferrant leva son marteau en l'air; puis, avec cette force, cette habileté, cette précision que donne l'habitude de frapper juste, il avait aplati du premier coup la tête du hulan.

On envoya, quelques jours après, un régiment saxon pour punir le village. Le maréchal ferrant ayant été fusillé, il n'en fut plus autrement question.

Cette nouvelle avait été comme une douce consolation pour le capitaine Karl Siffer. Elle éveilla les joyeux souvenirs d'autrefois, et il fit la réflexion que, malgré les déboires du métier des armes, il y avait encore de belles heures pour la gaieté allemande. En conséquence, il résolut de faire un pèlerinage au village des Chevillettes, où son compagnon avait succombé.

La distance était assez considérable. Les hulans se mirent en route, ignorant le but de cette nouvelle expédition, et s'arrêtèrent au milieu de la nuit dans une ferme isolée. Ils expulsèrent les habitants à coups de pommeaux de sabre ; après quoi ils se livrèrent à des libations funèbres en mémoire de leur camarade Bruckner, mort au champ d'honneur sous le marteau du maréchal ferrant. Bientôt, à l'exception des vedettes, ils s'endormirent, cuvant les pesantes vapeurs de la brutale ivresse qui fermentait sous leurs crânes épais.

Le lendemain, à l'aube, ils se remirent en route.

Vers midi, comme ils approchaient du terme d'arrêt de leur course, trois hulans filèrent en éclaireurs, traversèrent le village au galop, et revinrent annoncer à leur chef que le chemin était libre.

Après avoir fait cerner toutes les issues, le capitaine Karl Siffer voulut proposer un exemple à l'admiration de ses cavaliers. Pour la première fois, il allait se donner le plaisir d'une fantaisie héroïque.

Il se présenta, seul, et traversa la rue principale au pas de son cheval, auquel il fit exécuter un exercice de haute école.

Arrivé sur la place, il manda le maire.

— Monsieur le maire, dit-il, je suis venu dans ce village pour accomplir un pieux devoir. J'ai appris qu'un de mes compagnons d'armes y avait trouvé la mort des braves, et je viens pour lui donner un dernier souvenir.

— Le corps est inhumé dans le cimetière, répondit le maire. Si vous le désirez, je puis vous y faire conduire.

— Pas aujourd'hui, monsieur le maire, la vue des cimetières a le privilége de m'affliger. Ce dernier domicile de l'homme offre une triste décoration. Il serait à désirer que les cimetières fussent de riants paysages, semés de fleurs par l'enfance. Il n'en est point ainsi. En attendant, j'ai formé un projet que vous approuverez. Je suppose que la sépulture de mon ami est privée de tout ornement funéraire.

— Il a été enterré modestement.

— Votre commune doit une juste réparation à sa mémoire. Vous direz au conseil municipal de faire élever deux tombes semblables. Elles seront recouvertes d'une dalle de pierre, entourées d'une grille de fer ouvragé et garnies d'une bordure de myosotis. Voici les inscriptions que vous ferez graver sur la tombe de l'assassin :

« *Un tel,* — le nom, — *maréchal ferrant, patriote.* »

Le visage du maire exprima une visible stupéfaction.

— C'est un patriote, reprit Karl Siffer, n'est-ce pas votre opinion?

— Le village a été durement puni pour un accident dont il n'était pas solidaire.

— Voilà pour le maréchal ferrant. Pour la victime, une épitaphe, simple comme sa vie :

GUILLAUME BRUCKNER

HULAN,

Espoir de la pharmacie nationale,
enlevé à la fleur de l'âge.
Il emporte les regrets de son capitaine.

J'espère, ajouta Karl Siffer en lui remettant les deux billets sur lesquels il avait écrit ces notes, que mes instructions seront exactement remplies, et qu'à ma prochaine visite, je pourrai m'arrêter devant la tombe d'un ami.

— J'obéirai à cet ordre.

— C'est plutôt une prière, monsieur le maire, et j'ai encore une grâce à vous demander. J'aperçois un bureau de tabac. Pourrais-je obtenir un cigare?

Ce désir, si poliment formulé, ne tarda pas à être exaucé. La marchande de tabac s'empressa d'apporter une boîte où le hulan choisit un cigare. Avec la même urbanité, il demanda du feu. Après avoir lancé un nuage de fumée bleue au visage de la marchande, il lui donna un louis d'or en la remerciant de sa complaisance.

Elle rentra dans la boutique et rapporta bientôt une poignée de monnaie. Le capitaine, de plus en plus gracieux, la pria de distribuer cette somme aux personnes les plus riches de la localité.

Comme la marchande restait stupéfaite à l'expression de ce désir inattendu, Karl Siffer daigna le lui expliquer avec une bonne grâce tout à fait chevaleresque.

— Madame, lui dit-il, j'ai remarqué que les dons généreux étaient toujours en faveur des pauvres. J'ai pensé qu'une fois, par exception, faire une bonne œuvre au profit des personnes opulentes ne serait ni une mauvaise action, ni un mauvais placement.

Sur ces mots, il salua les gens groupés devant l'église qui l'observaient avec curiosité, et s'éloigna comme il était venu.

Les badauds s'entretenaient encore de ce Prussien singulier qui payait un cigare avec un louis d'or et laissait la monnaie pour les gros bonnets, lorsque, dix minutes à peine écoulées, les cinquante hulans envahirent le bourg, la lance en arrêt, et vinrent se rassembler devant le bureau de tabac.

Là, ils enlevèrent la caisse et pillèrent le magasin.
Ils mirent dans leurs poches profondes tout ce qu'elles
pouvaient contenir de tabatières, de pipes d'écume et
autres objets renfermés dans la vitrine. Ce premier
soin rempli, chacun fit une large provision de cigares,
et la troupe s'éclipsa comme une volée d'oiseaux
noirs.

Malheureusement le Tanneur, l'Homme rouge, et
Belfrancis, son fidèle camarade, n'étaient plus de ce
monde. Le sabre du terrible capitaine Raquin les
avait à jamais privés de l'inexprimable bonheur de
disserter ensemble sur les bonnes farces, les excellentes plaisanteries de leur brave capitaine Karl
Siffer, qui portait toujours sous la visière de son
shapska la vivante cicatrice de sa noble blessure.

CHAPITRE IX.

Mémorable entretien de l'Acrobate et de Karl Siffer sur les
hulans défunts.

Pourtant, notre héros rêvait une farce plus digne
de lui, une farce grandiose. L'inimitable plaisanterie
des cigares n'était que le prélude d'une combinaison
préparée de longue main et depuis longtemps cares-
sée. Il avait voulu se mettre en belle humeur avant de
l'exécuter.

Le capitaine Karl Siffer se rendait au château de
Dompierre, dont il n'était séparé que par une distance de six lieues.

A la suite d'une série d'informations minutieuses,
il avait acquis la certitude que le comte de Ravigny
avait rallié un corps de gentilshommes vendéens qui
opérait sur la rive gauche de la Loire. Certain de ne
plus avoir à craindre la rencontre de ses éclaireurs,
il jugeait l'occasion favorable d'aller revoir le théâtre
de sa meilleure plaisanterie. Le souvenir lui en était
particulièrement agréable, bien qu'elle lui eût coûté

8.

cher. Il hésita un instant à la pensée de quelque embuscade; mais, réfléchissant que le château de Dompierre était occupé militairement, le sentiment de la rancune et surtout l'idée de quelque bonne farce l'emporta sur la prudence, et il se mit en route en bâillant. C'était sa manière de soupirer.

Jamais il n'avait ressenti plus vivement la perte de ses compagnons, le vide profond causé dans son entourage par le sabre du capitaine Raquin.

On était en décembre. La route blanche se déroulait devant lui, couverte d'un tapis de neige molle qui craquait sous les pieds des chevaux.

Comme il chevauchait à la manière d'Hippolyte suivant le chemin de Mycènes, il éprouva le besoin de s'épancher dans le cœur d'un sincère ami.

— Singe, dit-il à l'Acrobate, toujours en belle humeur et qui ne quittait jamais son capitaine, il est bien regrettable de ne plus avoir le Tanneur avec nous.

— Oui, capitaine; avec sa figure de boule-dogue, c'était un bon garçon. Il vous flambait un village comme une allumette chimique.

— Et comme il pendait, hein? te rappelles-tu?

— C'était chez lui un don de la nature, une rare spécialité... Mais il avait un défaut.

— Quel défaut?

— Il avait l'habitude de toujours fermer les portes sur lui.

— Ah! ah! oui, et quand tu faisais la grenouille, il te ménageait des entrevues particulières avec le ca- taine Raquin... militaire désagréable.

— Très-désagréable... en plaine, surtout.

— Et ce pauvre Belfrancis! Quel platonique ani- mal !

— Tête fendue comme un navet par le militaire désagréable.

— C'est de la stupidité... Ne trouves-tu pas incon- venant de tuer un imbécile si admirablement com- plet que Belfrancis? Il avait tout pour lui... Je ne le remplacerai pas, celui-là...

— Ce sera difficile; mais il y a des Badois bien ad- mirables sous ce rapport.

— Oui... jusqu'à Bruckner, je les regrette tous.

— La conduite de ce jeune pharmacien a été bien impolitique... Tête évaporée.

— Trop bavard, mais d'une caponnerie à toute épreuve.

— Bruckner n'était pas banal, reprit le Singe; il faisait des vers... J'en ai conservé une pièce qu'il avait composée pour Belfrancis.

— Ah! ah! très bien, adressée à une comtesse d'Orléans?

— Précisément, capitaine.

— Est-ce que cette comtesse ne tenait pas un commerce de fruiterie dans une petite rue, près du marché?

— Oui, capitaine.

— Je crois me rappeler que Belfrancis a été froidement accueilli par cette comtesse.

—Fort aimable personne. Elle l'a mitraillé à coups de légumes, et il n'est sorti de la boutique qu'après avoir reçu une pluie de carottes, de panais, choux, poireaux et salsifis... Belfrancis a même reçu un lapin vivant à la figure. Il a rapporté le projectile. Nous l'avons mangé.

Ainsi causant, le capitaine Karl Siffer et son acolyte évoquaient les grands souvenirs de l'épopée des hulans défunts.

CHAPITRE X.

Karl Siffer fait une deuxième visite au château de Dompierre et
parle de sa glorieuse blessure.

Il était environ deux heures de l'après-midi quand
le capitaine Karl Siffer s'arrêta sur la route de Blois,
à l'angle formé par la grande avenue du château de
Dompierre. Un pâle soleil d'hiver donnait une teinte
jaunâtre à la neige qui couvrait les toits bleus. La
campagne était déserte. Dans le lointain les notes
scandées d'une cloche de village tintaient faiblement.
Tous les bruits semblaient mourir dans la neige.

Au milieu de l'allée, entre la double haie des grands
ormes dépouillés, une silhouette noire se découpait
en vigueur sur la blancheur de l'avenue. C'était le
curé qui marchait à pas lents, la tête baissée, lisant
son bréviaire.

Karl Siffer s'avançait seul, au pas de son cheval,
comme le jour où il s'était présenté pour la première.

fois au château de Dompierre. Il aborda le curé avec une exagération de respect qui frisait l'insolence.

— Pardonnez-moi, monsieur le curé, si je trouble votre méditation... peut-être ne me reconnaissez-vous pas?

— Si, monsieur, je vous reconnais parfaitement; vous êtes de ceux qu'on ne peut oublier quand on les a rencontrés.

— Je suis touché de ce souvenir, répondit Karl Siffer en caressant sa moustache blonde. Il m'encourage à vous soumettre un cas de conscience, et votre avis me sera précieux, bien que nous ne partagions pas les mêmes sentiments en matière de religion.

— Vous êtes protestant?

— Le protestantisme est une des variétés du christianisme. Je suis protestant à ma façon, c'est-à-dire que je proteste contre toutes les religions, comme le savant Wacksmuth, mon éminent professeur.

— Le moment est peu favorable pour une pareille thèse, monsieur.

— Mon intention n'est pas non plus de discuter sur la valeur de mon opinion. Je désirerais simplement obtenir les conseils de votre sagesse et de votre expérience sur un fait qui m'a été reproché. J'ai trouvé, dans la chambre que j'occupais ici, deux portraits de femme, et j'ai eu l'enfantillage de les emporter comme un souvenir de sympathie. Considérez-vous cela comme un vol sérieux?

— Assurément non.

— Il est regrettable que le comte de Ravigny ne pense pas comme vous sur ce point, monsieur le curé.

— C'est la raison même de mon indulgence pour cette faute. Puisse la pénitence qui vous a été imposée vous en épargner d'autres.

Ayant prononcé ces paroles avec fermeté, le curé ouvrit son bréviaire et reprit sa lecture interrompue.

Le capitaine des hulans le considéra quelques instants en silence; puis, laissant échapper son petit ricanement sec, il mit pied à terre et franchit la grille.

Il trouva plusieurs officiers qui jouaient au billard dans une salle voisine, et se fit reconnaître.

— Salut au capitaine Siffer, dit un joueur. Quel bon vent l'amène?

— J'ai une communication personnelle à faire au marquis de Dompierre.

— Un propriétaire modèle, dit une voix.

— Très-accommodant pour le prix de la location et de la nourriture, ajouta un troisième.

— Il ne sera pas inutile, dit un colonel obèse qui fumait sa pipe sacerdotalement, de faire-valoir auprès de lui quelques considérations motivées sur les procédés sommaires du comte de Ravigny, son fils.

— Je m'en charge, répondit le capitaine Siffer. C'est précisément l'objet de ma visite.

— Il y a une certaine urgence, ajouta le colonel

avec une majesté doctorale. Nous partons cette nuit,
et nous fermons la marche de l'armée.

— Le marquis est-il dans son appartement?

— Il ne loge pas ici, par discrétion. Vous le trouverez sans doute dans le parc, capitaine Siffer.

— J'y vais, messieurs.

— Vous dînerez avec nous?

— J'accepte avec plaisir.

Le capitaine salua et se mit à la recherche du marquis de Dompierre.

Le marquis n'avait pas quitté son château, toujours occupé par les officiers des troupes de passage
sur la route de Blois. Il avait donné des ordres à ses
gens pour les recevoir. Grâce à leur système méthodi-
que, les envahisseurs, ses hôtes, se contentaient d'une
habitation princière et d'une table bien servie. Ils
sortaient comme ils étaient entrés, se renouvelant et
se succédant sans imposer leur compagnie.

Le marquis s'était installé dans la maison de son
garde, située au milieu du parc. C'était un pavillon à
un étage, bien aménagé, qui servait de rendez-vous
de chasse.

La comtesse, Jeanne et le petit Arthur étaient toujours au couvent des Visitandines. De temps en
temps, il allait les rassurer et leur porter des nouvelles, à la faveur d'un sauf-conduit remis au curé
sans qu'il eût été sollicité. Le marquis était surpris

de ce procédé, dont la cause lui semblait inexplicable.

Le comte de Ravigny avait raconté à son père le châtiment infligé au capitaine des hulans, ainsi que l'exécution du fils de l'adjoint au maire des Saussaies. Cette histoire s'était vite répandue dans tout le pays environnant, colportée par Jacques Merlin et ses compagnons, et elle ne resta pas ignorée des officiers de l'état-major logé au château. Dès lors, elle se transmit comme une consigne ou un mot d'ordre par ceux qui partaient aux nouveaux arrivants.

Le marquis était loin de se douter qu'il devait à cette leçon, donnée par son fils, les respectueux égards et la réserve de ses hôtes. C'était pour eux une question de vanité, de prouver qu'ils étaient étrangers à celui qui avait excité un tel mépris et reçu une punition infamante. Le château de Dompierre était sacré comme un domaine du roi.

— Ces barbares ont l'affectation de la politesse, disait le curé au marquis. Ils croient donner une preuve de délicatesse en refusant de se servir de l'argenterie. Ce sont des soudards velus qui mettent des gants glacés. S'ils avaient les mains blanches, ils ne craindraient pas tant de les montrer.

Quand le temps le permettait, le marquis aimait à parcourir son parc. Les officiers connaissaient ses habitudes, et jamais ils ne se seraient exposés à le rencontrer.

9

Ce jour-là, cependant, comme il se livrait à sa promenade habituelle, il vit venir au-devant de lui un hulan, qu'il reconnut sur-le-champ à ses jambes d'échassier pour être le capitaine Karl Siffer.

— Vous ne m'attendiez pas aujourd'hui, monsieur le marquis, dit-il avec désinvolture. Je viens vous annoncer officiellement que les officiers logés dans votre château font partie de l'arrière-garde, et qu'ils seront les derniers. Ils partent ce soir... et moi aussi.

— Peu m'importe, répondit le marquis en haussant les épaules et en lui tournant le dos.

— Je croyais vous faire plaisir en vous apportant cette nouvelle, reprit le hulan qui marchait derrière lui... Il paraît, d'après ce que je viens d'apprendre, qu'on raconte ici une ridicule histoire de pillage, pour deux médaillons que j'avais emportés en souvenir de ma première visite. J'ai eu grand tort, je dois l'avouer; mais, que voulez-vous? j'admire la beauté quand je la rencontre. Je trouvais ces dames charmantes, et j'avais gardé leurs portraits en témoignage de mon admiration.

Le marquis s'arrêta.

— Monsieur, dit-il, il n'y a plus ici ni femmes, ni enfants. Je suis seul. Mon château est tout entier à votre disposition; mais je vous préviens que si vous persistez à me suivre jusqu'ici, je saurai me délivrer de votre présence.

— Ah, vraiment?

— Et si vous m'adressez encore la parole, je vous brûle la cervelle.

— J'ai bien l'honneur de vous saluer, répondit Karl Siffer en s'inclinant avec ironie.

— Saluez-moi donc, monsieur, que je voie votre visage à découvert.

A ce mot, Karl Siffer devint blême de rage; mais il fallait choisir entre le silence ou une balle. Il prit le premier parti, tourna les talons et s'éloigna en sifflant.

Les officiers, auxquels il raconta son aventure, trouvèrent bien exagérées les susceptibilités du comte de Ravigny, et bien audacieuse la menace de mort du marquis de Dompiérre. Pour un peu, ils auraient demandé des excuses. Mettre deux portraits de femme dans sa poche; mais quelle fantaisie pouvait être plus innocente?

— Laissons cela et mettons-nous à table, dit le coonel.

Il y avait quinze officiers, quinze convives à ce repas. La conversation générale et les entretiens particuliers roulèrent presque exclusivement sur les épisodes de la campagne. A les entendre, chacun d'eux avait saccagé au moins trois départements et dispersé une armée. Il ne fallait pas demander à ces héros la générosité du triomphe, quelque témoignage d'estime pour les vaincus écrasés sous le nombre, qualités traditionnelles de leurs vainqueurs d'autrefois.

Le capitaine était morose. Il réservait ses impressions personnelles, soit par indifférence, soit parce que ses pensées intimes le reportaient à des souvenirs déjà lointains.

Karl Siffer était un artiste. Il ne pouvait s'empêcher de trouver ridicules ces dadais des universités, aux cheveux couleur de filasse, émettant des idées saugrenues sur les Français, et ces officiers bardés de graisse, baragouinant dans leur jargon des contes à dormir debout, types accomplis de cette aristocratie militaire, besoigneuse, avare et dévote. Malgré lui, il était forcé de reconnaître qu'une retraite couverte par des charges de cuirassiers, était un fait d'armes comparable à la charge légendaire des cuirassiers d'Eylau crevant les lignes de l'infanterie russe, que le capitaine Raquin était un héroïque soldat des armées françaises, que le comte de Ravigny était chevaleresque et le marquis de Dompierre un gentilhomme.

Là, dans ce même salon tout rempli du tumulte des voix avinées, il avait vu Jeanne, qui était si belle, et il l'avait entendue lui disant de sa voix harmonieuse :

— *Vous est-il indifférent, monsieur, que je vous rende ce service ?*

Et Jeanne l'avait débotté.

— Le capitaine Siffer néglige son verre, dit le gros

colonel renversé sur son siége. Capitaine, je porte un toast aux hulans.

Tous les verres se levèrent.

— Colonel, répondit Karl Siffer, je porte un toast aux officiers de votre régiment. Il aura une belle page dans l'histoire.

Cette déclaration, formulée avec un grand sérieux, fut saluée par une salve de hourras frénétiques, ce qui confirma Karl Siffer dans cette idée, que ses compagnons de table étaient d'une naïveté vraiment surprenante.

Ce dîner d'adieu eut le dénoûment qui signala partout le passage des envahisseurs. Les vins fins restés en cave furent apportés. On creva les tonneaux pleins. Ce fut un effroyable gaspillage. Les bouteilles qui ne purent être bues furent cassées. Au dessert, on brisa les meubles, les glaces, on saccagea de fond en comble les appartements dans la fureur de cette orgie militaire. Elle fut couronnée par ces souillures immondes qui ont été comme le dernier mot de l'invasion, la carte de visite des triomphateurs.

Karl Siffer se retrouvait dans son élément, et, ce soir-là, il put donner libre carrière à ses instincts destructeurs.

Un peu plus tard, le marquis de Dompierre fit graver en lettres d'or, sur le service de table, les noms des convives présents qui méritaient cet hommage.

Ainsi se termina le dernier acte de cette lugubre comédie.

Le soir de ses adieux au château de Dompierre, comme il s'éloignait du théâtre de ses exploits, Karl Siffer remarqua que ses hulans vacillaient sur leurs selles. L'Acrobate sommeillait, bercé par les ondulations de sa monture.

Il parcourut la colonne en distribuant des coups de plat de sabre aux dormeurs. Cet avertissement produisit un effet salutaire.

Après quelques heures de marche, les hulans s'arrêtèrent dans un village, où ils se reposèrent et goûtèrent un sommeil bien mérité par tant de glorieuses fatigues.

CHAPITRE XI.

Dernier coup de sabre du capitaine Raquin, dernier coup de canon du commandant Richard.

Orléans, repris par les troupes françaises le 12 novembre, était retombé au pouvoir de l'ennemi le 5 décembre. Vers la fin de janvier, l'armée de la Loire se repliait, attaquée par des forces considérables soutenues par l'armée de Frédéric-Charles, et désormais elle était impuissante à défendre le Centre.

Après l'évacuation du Mans, les armées allemandes rapprochaient leur cercle autour de la ville. L'artillerie avait cessé le feu. Les lignes de cavalerie se déployaient, masquant d'un immense rideau les masses profondes de l'infanterie.

La ville était abandonnée.

A quelque distance, sur une élévation de terrain, était la batterie du commandant Richard. Elle avait fait son office dans le dernier combat. Cinq pièces de quatre étaient encore en état de tirer. Les autres étaient démontées.

Autour de cette dernière batterie s'était formé un petit noyau d'hommes décidés à tenir jusqu'au bout. Il y avait des artilleurs, des lignards, des mobiles, des gardes nationaux, un petit groupe de cuirassiers commandé par un lieutenant, et environ vingt hussards du quatrième escadron qui n'avaient pas abandonné le capitaine Raquin. Dans cette circonstance, il avait du moins la consolation de voir l'ennemi, et il sentait bien que c'était pour la première et la dernière fois.

Le commandant Richard allait envoyer sa dernière bordée de canon, le capitaine Raquin donner son dernier coup de sabre.

Tous ces hommes inconnus et obscurs, enfants de la grande nation, héroïque phalange de ce qui avait été l'armée française, défenseurs d'une cause perdue, portaient sur leur visage la sombre résignation du désespoir, et cette expression commune de farouche tristesse leur donnait à tous comme un air de famille. Ils étaient donc restés là une centaine d'hommes, pas même la moitié de la légion de Léonidas aux Thermopyles, et ils allaient mourir.

Comme les éclaireurs ennemis se montraient aux abords de la ville, le capitaine Raquin s'approcha du commandant Richard. Ils s'embrassèrent, puis échangèrent une dernière poignée de main.

— Mes enfants, dit le capitaine aux vingt hussards qui l'entouraient, c'est l'heure de la dernière charge du quatrième escadron. Voilà la cavalerie prussienne devant nous. Formez la colonne! Chargez! A fond, et dans le tas!

Les hussards chargèrent.

Comme ils approchaient, un régiment de dragons prussiens s'ébranla et opéra un mouvement tournant.

— Rendez-vous! cria en français le colonel, agitant son sabre en l'air.

— Nous ne comprenons pas l'allemand, tas de chou-croûtes! répondit le capitaine Raquin en chargeant sur lui.

Des hauteurs, le commandant Richard observait la mêlée au milieu de laquelle tourbillonnaient les hussards. Après quelques moments d'un combat acharné, il put voir les dragons prussiens reformer les escadrons et retourner à leur place de bataille, sur le front des lignes immobiles.

A ce moment, un nouveau groupe se détacha au commandement :

« Cuirassiers, chargez! »

Les dix cavaliers qui attendaient le signal partirent au lourd galop de leurs chevaux massifs. Ils furent reçus par le feu roulant de la mousqueterie, dont le crépitement cessa presque aussitôt. Aucun n'arriva à la moitié du chemin qui les séparait des lignes. Bien-

9.

tôt il ne resta plus que deux ou trois chevaux sans cavaliers, courant affolés au hasard. Quelques cuirassiers démontés erraient à travers la plaine, le sabre à la main, courbant l'échine sous leur cuirasse ensanglantée.

Le commandant Richard vit alors que son tour était arrivé.

Il dit d'un ton sec :

« En batterie ! — Chargez ! — Pointez ! — Feu ! »

Cinq détonations se suivirent coup sur coup.

Il distingua un mouvement qui s'opérait dans les lignes prussiennes.

Au bout de quelques minutes, après une seconde bordée, de petits nuages de fumée couronnèrent le sommet des lointaines collines, et les obus commencèrent à pleuvoir autour de lui, drus comme grêle.

Il tomba.

Puis, le rideau de cavalerie s'ouvrit, une colonne d'infanterie s'avança au pas de charge, et engagea un combat corps à corps autour de la batterie écrasée.

Le commandant Richard avait été tué roide par un éclat d'obus.

Le soir, on releva le corps d'un officier français, criblé de blessures, tenant encore dans sa main froide un sabre prussien dentelé comme une scie.

C'était le capitaine Raquin, du quatrième escadron des hussards.

Ainsi moururent les deux soldats qui avaient souri à la statue de Jeanne-d'Arc.

Qu'ils reposent.

CHAPITRE XII.

TOURS.

Karl Siffer rencontre son vénéré maître, M. Wacksmuth. — Il lu
ouvre son cœur et lui révèle un amour ignoré.

Le capitaine Karl Siffer arriva à Tours un matin
de février. Les troupes allemandes y étaient déjà in-
stallées. Les hulans furent cantonnés dans des bara-
quements en planches construits sur le quai de la
Loire, et on lui délivra à la municipalité un billet de
logement dans une maison voisine. Après avoir pris
possession de sa chambre, Karl Siffer alla en reconnaissance à travers les rues, les places, les quais, les
avenues.

Tours se compose de deux villes, la vieille cité et
la ville neuve, séparées par la rue Royale dont une
extrémité touche au quai de la Loire, qui la prolonge,
et dont l'autre débouche en perpendiculaire sur les
larges avenues du Mail. La vieille ville, avec ses
maisons du moyen-âge à pignons et à tourelles, aux
toits couverts d'ardoises, a conservé sa physionomie.

Quelque temps auparavant, à l'heure où s'organisaient les armées provinciales, la jolie capitale de la Touraine était bruyante et animée comme une place de guerre. Elle ressemblait à une maison patriarcale subitement transformée en caserne, ou a une bourgeoise habillée en cantinière.

Le dimanche, la rue Royale était pleine de monde. On y rencontrait des figures du boulevard, des journalistes, des députés, des ministres, des diplomates.

Les uniformes fourmillaient. C'était un pêle-mêle de cavaliers de toutes les armes, de fantassins, de turcos, de mobiles, de francs-tireurs, de garibaldiens en chemises rouges, d'Espagnols, d'Américains en bérets et la barbiche en pointe, mélange bizarre de physionomies et de costumes.

En quelques heures, Karl Siffer connaissait la topographie d'une ville comme s'il l'avait habitée. A la suite d'un déjeuner solide à l'hôtel de l'Univers, en compagnie du fidèle Acrobate, ils reprirent le cours de leur promenade à travers la ville. Selon leur coutume, ils avaient commencé par déterminer exactement la position du chemin de fer, du télégraphe, de la poste, de la mairie et de la recette générale. Ce premier devoir militaire accompli, ils pouvaient se livrer, dans leurs explorations, à tous les caprices de leur fantaisie.

Ils firent une courte station au Café de la Ville, situé au milieu de la rue Royale, qui avait reçu dans sa devanture un des premiers obus tombés dans la ville, puis ils allèrent visiter la Préfecture, le Lycée et l'Archevêché, où étaient installés les ministères de la délégation provinciale. Au bout de la rue de l'Archevêché, Karl Siffer aperçut une boutique vide portant encore l'enseigne du *Moniteur universel*.

Un pâle soleil donnait un air de tristesse aux maisons, semblables à des mausolées entourés de jardins sans fleurs et d'arbres dépouillés. Et pourtant, sous le ciel clément et favorisé de la riante et fertile Touraine, l'hiver même a parfois des journées splendides. C'est un spectacle féerique que le déclin du soleil, noyé sous l'horizon dans la pourpre d'un couchant oriental.

Ils continuèrent leur promenade sentimentale, devisant de choses et d'autres. L'Acrobate exprima l'espérance de retourner bientôt en Allemagne.

— Qu'y as-tu donc laissé, Singe? interrogea le capitaine Siffer.

— Mon lit, répondit laconiquement le philosophe... On y passe un bon tiers de la vie à dormir ou à être malade, et je le regrette.

— Tu ne regrettes que cela?... Pas la moindre Marguerite?...

— Elles sont effeuillées, les marguerites; et aujourd'hui, ajouta-t-il avec un soupir, je ne les connais guère que sous la forme d'infusions.

— A propos, tu as oublié d'aller présenter tes devoirs à l'apothicaire de la grande rue.

— J'irai après dîner, capitaine. J'ai encore quelques réserves. Il n'y a pas énormément de pharmaciens dans cette ville.

— C'est qu'on s'y porte bien... Singe?

— Capitaine?

— Il m'est impossible de voir des bocaux verts, jaunes, rouges, bleus, et des serpents dans de l'esprit de vin, sans songer à cet infortuné Bruckner, l'orgueil de la pharmacie, mort au champ d'honneur sous le marteau du maréchal-ferrant patriote.

— Quelle tape! capitaine.

— Oui, et de même les papetiers et les négociants en corderie me rappellent, par association d'idées, cet imbécile de Belfrancis et le Tanneur... A propos, il faudra que nous allions visiter la maison de Tristan l'Ermite.

— Un gaillard !

— Admirable... Louis XI et Tristan sont des artistes. Ils ont inventé la fameuse cage de fer. Nous irons voir aussi Plessis-lès-Tours. Ces souvenirs sont poétiques, et les cœurs purs se plaisent à de tels spectacles.

Devisant ainsi, ils étaient arrivés sur le quai de la Loire, qui baigne les coteaux ondulés où les blanches villas apparaissent l'été dans leurs nids de verdure.

Ce fleuve aux eaux basses, laissant à découvert son lit de sable, était pourtant cette Loire terrible dont les flots gonflés ravagent les campagnes dans ses heures de colère.

La France ressemble à la Loire. Puissent un jour, comme elle, ses flots humains soulevés rejeter encore les envahisseurs hors de ses libres frontières.

Comme il rentrait à la maison qui lui était désignée, Karl Siffer s'arrêta frappé de surprise. Il venait d'apercevoir sur le seuil, fumant gravement dans une longue pipe de Hollande, meister Wacksmuth, professeur de sciences à l'Université de Berlin, son maître, son père adoptif, le seul homme capable d'exercer une influence sur les sentiments de ce tigre à face humaine qu'il avait élevé, et qui avait nom Karl Siffer, capitaine de hulans.

Meister Wacksmuth ôta sa pipe de la bouche :

— Je suis bien content de te revoir, mon cher disciple, mon fils Karl, en bonne santé. Je te félicite d'avoir échappé aux périls de ta mission et aux dangers de la guerre.

— Mon cher maître, répondit Karl Siffer avec une effusion respectueuse qui ne lui était pas habituelle et qui contrastait avec le calme de son professeur, je ne m'attendais pas à la joie de vous rencontrer.

Aurai-je le plaisir de vous garder à dîner et de passer avec vous cette première soirée ?

— Oui, Karl, il nous sera permis de vivre ensemble comme autrefois. J'ai été mandé ici pour un rapport scientifique sur le centre de la France, et j'y séjournerai quelque temps.

— Nous avons une heure libre avant le dîner. La température est douce et, si vous le désirez, nous pouvons faire une promenade sur le bord de la Loire.

— Volontiers, mon fils Karl. Je serai bien aise aussi de connaître tes aventures militaires.

— Elles sont assez ordinaires, cher maître ; cependant quelques-unes peuvent avoir un certain intérêt.

Ils atteignaient en ce moment l'extrémité de la rue Royale, qui aboutissait au quai de la Loire. Karl Siffer commença le récit de son Odyssée depuis le jour de son départ d'Allemagne. Il exposa à vol d'oiseau la série de ses marches et contre-marches : Nancy, Versailles, Orléans, Blois, Tours. Il raconta en détail ses deux visites au château de Dompierre, son passage au village des Saussaies, immortalisé par la pendaison de Marthe et la fin tragique d'Isidore Valizet, ses rencontres avec le comte de Ravigny et le capitaine Raquin, l'histoire de son bouquet de roses, de l'Epervier et du Pigeon voyageur, du Ballon monté, de Belfrancis et du Tanneur, la mort héroïque de Bruckner, et il termina en offrant à son maître un

cigare provenant de sa dernière expédition au village des Chevillettes.

Meister Wacksmuth avait écouté le récit de ces
aventures excentriques avec cette attention soutenue
d'un confesseur qui sonde une âme endurcie, d'un
juge qui écoute un criminel, d'un savant qui veut
surprendre un secret de la nature.

— Eh bien, maître? interrogea Karl Siffer étonné
du silence de son professeur.

Le bon M. Wacksmuth s'était recueilli et préparait
le jugement qu'il allait formuler sur la conduite de
son disciple bien-aimé.

— Karl, dit-il enfin de sa voix tranquille, je voudrais pouvoir répondre à ton désir naturel ; mais je
suis dans une grande incertitude et j'ai besoin de me
former une opinion réfléchie. Tes confidences sont
sincères et pleines de rectitude dans l'enchaînement
des faits. Cependant leur ensemble ne constitue pas
ce que j'appelle la conspiration générale des événements vers un but déterminé. Je vois là une série
de phénomènes bien reliés entre eux, sans pouvoir en
tirer aucune loi physiologique, je ne démêle pas encore le principe moteur qui explique l'ensemble de
ces actes et les caractérise. Pris isolément, l'analyse
en est claire; la synthèse est obscure. Dans mon en-
tendement flottent des images vivantes, mais je ne
puis les observer qu'à travers un voile qui les fait

apparaître confuses et troublées. Tu as déroulé sous mes yeux le tableau panoramique de tes diverses aventures, par succession de dates, de villes, de personnages. Je vois un château, un vieux marquis, un curé, deux jeunes femmes, un enfant ; puis, changement de décor : un village, des paysans stupides ou corrompus, un moulin, un coup de surprise, un gentilhomme. Ton bouquet de roses, ton épervier, ton ballon, tes épitaphes, ton cigare, sont des épisodes où je retrouve l'ingéniosité d'un esprit supérieur, comme dans tes rencontres humaines je constate cette cruauté froide, calculée, cette férocité merveilleuse de ta nature de tigre. Mais l'intellect et l'instinct sont des attributs de tous les êtres organisés. Ce qui caractérise l'homme, dernière et sublime expression, c'est cette faculté qui, chez les êtres inférieurs, s'appelle sentiment, et chez les êtres supérieurs s'appelle passion. Quelque chose de l'homme serait-il donc étranger à mon disciple Karl Siffer? Dans tes courses sans nombre, n'as-tu pas vu Juliette au balcon? N'as-tu pas senti passer dans tes cheveux le souffle puissant qui berçait Roméo sur l'échelle de soie? Ne t'es-tu pas campé sur le seuil d'une église pour faire rougir Marguerite sous ton regard effronté? Desdémone n'at-elle pas prié Dieu pour toi avant de s'endormir? Si, dans ton histoire, il n'y a pas le brûlant amour d'une femme, à quoi bon me la raconter? Je te connais, puisque je suis ton créateur.

— Que vous importe?

— Il m'importe d'abord que tu ne te moques pas de ton maître, Karl, et que tu ne me prennes pas comme point de mire de quelque bonne plaisanterie pour couronner ton œuvre. Je serais désolé d'avoir étudié toute ma vie ce curieux animal qu'on appelle l'homme, pour qu'un être, que j'ai cultivé comme une fleur, prétende échapper à l'examen du jardinier. Ce serait pour toi un beau triomphe, que de me voir prendre un pissenlit pour une tulipe. Tu souris, Karl? Eh bien, je vais jouer du scalpel :

« Tu aimes Mlle Jeanne, la fille du marquis de Dompierre; tu l'aimes, tu l'adores d'une passion folle, enragée, sans espoir.

— Oui! oui! je l'aime!

— Tu fais bien de l'avouer sincèrement.

— Pourquoi m'en cacherais-je, maître?

— Parce que c'est le défaut de ta cuirasse, l'imperfection de ta nature, le germe de mort qui t'empoisonnera.

— Non, si elle est à moi.

— Elle ne sera jamais à toi.

— Ceci est dans l'avenir.

— C'est le secret d'hier, d'aujourd'hui, de demain. Cette jeune fille ne t'aimera pas. Sa possession même aviverait le feu de ta blessure.

Karl Siffer baissa la tête.

— Ah! ah! je n'avais jamais rêvé une aussi belle

expérience. Quelle consolation pour ma vieillesse,
quelle conquête pour la science physiologique! Tu
pleures, Karl Siffer, tigre à face humaine; tu as une
glande lacrymale qui distille un liquide à la saveur
amère.

— Oui, je pleure de rage.

— D'amour... Eh bien, je ne sais pas pourquoi tes
larmes ont le don de m'attrister. C'est un spectacle
émouvant que celui d'un homme qui pleure. Mais je
ne m'attendais pas à cette manifestation extérieure
chez mon élève... Je me sens attendri par ta douleur.
Je n'ai pas connu le sentiment des pères, je n'ai jamais aimé que la science. L'affection que je t'ai vouée
y prenait sa source, mais je ne me défends pas d'un
sentiment de sympathique tendresse. Karl, je ferai
quelque chose pour te consoler.

— Et que pourrez-vous tenter?

— Voir celle que tu aimes, la charmer, revenir auprès de toi, et te dire : Je l'ai vue, je lui ai parlé.

— Ah! maître, vous êtes bon...

— Tu ne sais pas quelle est la puissance magique
de l'amour qui est en toi. Je suis un pauvre vieillard,
n'est-ce pas? Eh bien, quand j'aurai vu celle que tu
aimes, ma bouche aura prononcé son nom, mon
oreille aura entendu sa voix, mes yeux auront interrogé son regard, ma main aura touché sa main, j'aurai respiré son air, et il n'y a rien dans la nature entière dont le spectacle te donnera l'ivresse infinie

causée par ma présence, si ce n'est la présence de
Jeanne elle-même.

— Vous ferez cela pour moi?...

— Cela et bien d'autres choses, Karl. Il y a peu
d'hommes capables d'aimer. Toi, tu aimes, et avec
une telle intensité, que si cette jeune fille partageait
ton amour, l'instinct de nature pourrait subir en toi
une transformation de courte durée, et il me serait
donné de t'observer dans une période accidentelle où
tu serais bon, humain et généreux. Je suppose, par
exemple, que le comte de Ravigny, son frère, tombe
entre tes mains. Ordonnerais-tu sa mort?

— Non.

— Ta clémence ne serait pas dictée par le souvenir
de sa conduite chevaleresque à ton égard. Tu cher-
cherais à l'utiliser comme un instrument au bénéfice de
ta passion. *Elle* saurait que tu as épargné les jours
de son frère; ou bien encore, certain de son implacable antipathie, tu le ferais fusiller pour lui déchirer le
cœur. Il n'y a que ces deux formes passionnelles :
l'amour veut de l'amour ou de la haine. La haine est
préférable à l'indifférence.

— Sans doute.

— Si tu allais jusqu'au fond de ta pensée, tu fini-
rais par une singulière découverte. La passion est en
nous. C'est une force rayonnante qui se manifeste
dans des conditions particulières. Elle s'alimente
d'elle-même. Je vais te démontrer ce principe par un

terme de comparaison : Un homme a la passion du jeu. Quel est le double caractère de ses émotions? *Gagner* ou *perdre*. Mais la passion est indépendante du résultat. La question est de *jouer*. Ainsi de l'amour. *Etre ou n'être pas aimé*, gagner ou perdre sont deux modes différents. *Jouer*, *aimer*, tout est là, l'âme est dans sa plénitude d'activité, le reste n'est rien. Le plaisir et la douleur sont des mots vides inventés pour le vulgaire.

— Avez-vous aimé, maître? interrogea Karl Siffer, captivé par la théorie stoïcienne de son professeur.

— Non, Karl, je n'ai pas reçu cette faculté, la plus rare, la plus précieuse, la plus noble et la plus pure dont la mère nature puisse douer un de ses enfants privilégiés ; il m'a été seulement permis d'en étudier les manifestations sur des sujets d'élite, et je te fais part du fruit de mes observations. Je viens de te montrer l'amour à l'état de force rayonnante; mais il est des êtres qui n'aiment pas, et qui sont doués de la faculté contraire, la force absorbante. Ces êtres, tu as pu en rencontrer, hommes ou femmes, constituent un groupe peu nombreux que je range dans la classe des dominateurs. Maintenant, la leçon est finie, comme on dit à l'Université. Je vais songer au moyen de voir ta bien-aimée.

— Comment découvrir le lieu de la retraite où elle est cachée? Peut-être a-t-elle quitté la France?

— Non, puisqu'elle est avec la comtesse de Ravigny.

Celle-ci n'est pas loin de son mari, et tu peux être tranquille sur ce point.

— Je m'en rapporte à vous, maître.

— C'est ce que tu as de mieux à faire. Si le cœur a ses aspirations, l'estomac a ses exigences, et il ne faut pas le faire attendre. Consommes-tu une grande quantité d'aliments ?

— J'ai un appétit énorme.

— Bon signe, excellente chose. Toujours mettre du coke dans la machine pour obtenir d'elle la plus grande somme d'action. Retournons à la maison. Connais-tu tes hôtes ?

— Une vieille dame et sa fille. Je les ai entrevues ce matin en arrivant.

— La vieille dame est une momie, la jeune fille est jolie et intelligente. Elles ont bien voulu mettre à ma disposition une chambre voisine de la tienne. Ces dames logent une famille de Parisiens fugitifs, composée du père, de la mère et d'une fille montée en graine, sèche et laide, qui charme les loisirs de la guerre en brodant un bonnet à sainte Catherine. A ce que j'ai appris, cette famille s'était d'abord réfugiée à Orléans, se croyant bien loin de nos armées. Ensuite elle est venue demander un asile au Mans ; enfin, elle fuit à Tours, espérant toucher aux colonnes d'Hercule. En désespoir de cause, elle y est restée.

— Famille héroïque...

— Oui, ce sont, je crois, de petits rentiers inoffen-
sifs, retirés de quelque commerce. Leur caractère
offre, sous certains rapports, de l'analogie avec celui
de M. Isidore Valizet, dont tu parlais tout à l'heure.
Ils sont, comme bourgeois, ce que l'autre était comme
paysan.

— Ah ! ah !

— Oui. Si je ne me trompe, je viens de lever un
gibier qui réveille tes instincts de chasseur.

— Nous verrons, dit Karl Siffer.

— Eloigne les idées moroses. Voici la maison hospitalière. Je sens déjà comme une bonne odeur de
cuisine. Avec une bouteille de vieux vin, nous vain-
crons la mélancolie. Il s'agit de manger chaud et de
boire frais... Entre le premier, camarade.

CHAPITRE XIII.

Karl Siffer fait la connaissance d'une famille exilée et se livre à
une déplorable mystification.

Les portraits tracés au physique et au moral par
meister Wacksmuth, professeur de sciences naturelles
à l'Université de Berlin, étaient ressemblants.

Après l'échange des politesses sommaires, le capitaine Karl Siffer avait contrôlé ces observations. Au
premier coup d'œil, à peine assis à table en face de
son maître, entre la fille de la maison, qui s'appelait
Julie, et le chef de la famille fugitive, son opinion
était faite et son plan arrêté.

L'Acrobate, invité à dîner par le capitaine, exami-
nait attentivement son visage, et pressentait une de
ces mystifications atroces dont Isidore Valizet avait
été la suprême expression.

On en était au service d'une belle dinde, bondée
de marrons, lorsque le bourgeois fugitif, sans en avoir

été prié le moins du monde, avait mis Karl Siffer, son voisin de table, au courant de son histoire intime.

Il s'appelait Panonceau, M. Panonceau. Il avait été épicier et avait vendu son fonds à un sieur Fremin. Il est évident que son successeur allait réaliser une fortune colossale. Les lettres de Paris par ballon annonçaient que les épiciers vendaient, au poids de l'or, des gélatines au potiron sous le nom de confitures d'oranges, et d'autres denrées alimentaires d'une composition fantastique.

— L'épicerie, fit observer Karl Siffer, est, comme la cuisine, une sœur cadette de la chimie. Quelle est l'amende pour une falsification de denrées?

— Vingt-cinq francs, et affiche du jugement dans la boutique, répondit M. Panonceau ; mais, ajouta-t-il avec un bon sourire, on n'affiche pas, ou du moins on affiche dans un coin interdit au public.

— Cela se passe tout à fait en famille. Alors, pour la modique somme de vingt-cinq francs, un épicier peut empoisonner avec sérénité ses amis, ses voisins, et les personnes quelconques assez ingénues pour l'honorer de leur confiance.

— La falsification est généralement inoffensive.

— Ah! généralement?

— Je veux dire constamment inoffensive.

Cet incident vidé à l'amiable, à la grande satisfaction du bon M. Wacksmuth, qui admirait son élève

avec un légitime orgueil, M. Panonceau avait repris
le cours de ses confidences.

Son épouse, Mme Panonceau, s'appelait Valérie.
C'était une femme remarquable par l'éclat de ses joues
violacées et la langueur de ses yeux soleil couchant.
Elle avait un faible pour la toilette et les bijoux, mais
c'était le modèle des épicières. Sa rigidité de mœurs
avait égalé celle de ses additions à l'époque où, trônant
à son comptoir, elle voyait trois garçons obéir à ses
lois. Elle gouvernait en reine, une main de fer sous
des gants de filoselle, et donnait volontiers tort aux
pratiques impatientes qui s'attiraient les insolences
du premier garçon. Elle avait un foargon pour les fournitures en ville. La clientèle était aristocratique. Enfin,
on avait amassé deux cent mille francs.

Pendant le discours de M. Panonceau, Mme Panonceau agitait négligemment une énorme chaîne d'or.

Mlle Cydalise Panonceau soupira, en songeant que
si ses parents étaient moins avares, une dot acceptable
eût favorisé son mariage.

Mais les époux Panonceau avaient des principes. Ils
voulaient un gendre qui épousât leur fille, unique et
chérie, pour elle-même et non pour son argent, qui
habitât au sein de sa nouvelle famille, et se contentât
d'espérances.

— Mademoiselle a le droit de choisir, dit galamment Karl Siffer, et le temps ne peut que l'embellir davantage.

M. Panonceau déclara ensuite que depuis le jour où il avait déposé le sceptre des denrées coloniales, il habitait le boulevard du Prince-Eugène, que Mme Panonceau avait son mercredi, qu'il espérait bien que sa maison ne serait pas bombardée, etc.

Ces confidences prolongées commençaient à ennuyer Karl Siffer, qui coupa les chiens. Il interrompit donc son voisin au moment où il lui versait à boire.

— Je vois, monsieur, dit-il, que vous êtes un de nos ennemis les plus implacables.

— Je suis Français, monsieur, répondit M. Panonceau avec une gravité magistrale; mais je sais apprécier les qualités d'un ennemi. Ainsi, monsieur, j'ai remarqué une chose : nos pauvres soldats avaient l'air de fantômes, et les vôtres ont des faces réjouies qui font plaisir à voir.

— Cette opinion fait honneur à votre jugement. On ne nous rend pas justice. Par exemple, vos journaux annoncent toutes les semaines la mort de M. de Moltke. M. de Moltke se porte fort bien. Je ne comprends pas non plus le désir immodéré qu'éprouvent vos compatriotes de voir une épidémie générale détruire tous les Allemands.

— Ce serait aller un peu loin.

— On nous accuse à propos des moindres choses,

10.

reprit Karl Siffer. A Orléans, un jour qu'il pleuvait, j'ai entendu un habitant soutenir avec obstination que la pluie qui tombait était une combinaison de M. de Bismark.

— Il faut éviter l'exagération dans le patriotisme, répondit M. Panonceau. Je ne suis pas un homme exalté, et je le dis bien sincèrement, monsieur : malgré mon profond amour pour la France, ma malheureuse patrie, si je me trouvais dans la nécessité de loger des troupes, je déclare qu'au point de vue de ma tranquillité personnelle, j'aimerais mieux loger un ennemi paisible qu'un tapageur comme quelques-uns de nos compatriotes.

— Vous avez une indépendance d'idées, monsieur, qui pourrait concilier bien des haines nationales. Si tout le monde avait des principes aussi patriotiques, la guerre serait bientôt finie, comme je le disais dernièrement au fils d'un adjoint.

— C'est une si cruelle chose que la guerre, insinua Mme Panonceau avec un œil en coulisse.

— Vous voyez donc, reprit M. Panonceau, que je ne suis pas seul de mon avis.

— Oui, ce malheureux garçon, ayant eu le patriotisme de nous amener du bétail et quelques provisions, a été fusillé sous mes yeux.

— Par qui?

— Par l'ordre d'un chef de francs-tireurs.

— C'est une punition bien sévère, pour un pauvre paysan qui vendait ses produits.

— Il était loin d'être pauvre, mais il n'était pas spirituel.

M. Panonceau se gratta le nez. Il y avait, dans les appréciations du capitaine Siffer, quelque chose de subtil qu'il ne comprenait pas très-bien, et il en conclut que son interlocuteur se moquait de lui.

— Tout cela est déplorable, dit meister Wacksmuth intervenant dans la conversation.

— Oui, certainement, répliqua M. Panonceau un peu refroidi ; mais quand on a affaire à un ennemi raisonnable, comme vous, messieurs, on ne doit pas craindre d'exprimer des sentiments français. La haine des peuples n'empêche pas la cordialité, et ces dames, ajouta-t-il en saluant la maîtresse de la maison et sa fille, ne regrettent pas plus que moi de vous donner l'hospitalité.

— Parlez pour vous, monsieur, dit Mlle Julie avec une fermeté qu'on n'aurait pas supposée chez une jeune personne dont le regard était si doux et les manières si réservées.

Cette réponse jeta une certaine perturbation dans l'harmonie qui avait régné jusque-là entre les convives. Mme et Mlle Panonceau virent dans cette déclaration un blâme des paroles du chef de la famille, et elles avertirent Mme Legrand, c'était le nom de la maîtresse de la maison, qu'elles trouvaient inconvenantes les paroles de sa fille Julie.

— Nous sommes des exilés, madame, dit M. Panonceau avec une dignité écrasante.

— Alors, quand on s'exile, monsieur, répliqua Mlle Julie, on s'exile assez loin pour ne pas être obligé de flatter ceux qu'on craint. Je vous ai dit de parler pour vous, et vous m'avez ainsi forcée de révéler des sentiments dont je ne dois compte à personne.

— Mon Dieu, mademoiselle, dit Mme Panonceau, nous ne sommes pas mariés, et, sans nous exiler plus loin, nous pouvons nous séparer.

— Demain, glissa Mlle Cydalise Panonceau, laquelle nourrissait une sourde haine contre Julie, qui avait tout pour lui déplaire : dix-huit ans, son ravissant visage et un fiancé.

— Ce soir, si cela vous est plus agréable, répondit Mlle Julie.

— Réconciliation, dit le bon M. Wacksmuth en bénissant les convives d'un geste de patriarche.

Karl Siffer laissa échapper un ricanement sec, puis s'adressant à Julie :

— Vous nous détestez donc bien, mademoiselle ? dit-il.

— Je n'ai pas l'habitude d'être interrogée, monsieur.

— Que nous reprochez-vous? Car, enfin, vous nous accusez.

— Si vous tenez à le savoir, monsieur, ce n'est pas un secret que je vous apprendrai. Tours est une ville ouverte qui ne pouvait se défendre, et il était bien inutile de la bombarder avant de l'occuper.

— Vous avez raison, mademoiselle; cette observation est fort juste; mais nous avons remarqué que cette façon d'entrer en ville disposait les habitants à nous recevoir avec bienveillance. Ainsi, c'est peut-être à quelques obus que je dois les sentiments de cordialité que M. Panonceau me témoignait tout à l'heure.

M., Mme et Mlle Panonceau se regardèrent. Le chef de la famille comprit que cette situation était assez embarrassante. Cependant, encouragé par le sourire du bon M. Wacksmuth, il fit une tentative patriotique. Il prit un air bon enfant, et, d'une voix qu'il croyait persuasive, il dit à son voisin le capitaine :

— La France, monsieur...

— Vous êtes un imbécile, interrompit froidement Karl Siffer.

— Un imbécile ? murmura M. Panonceau.

— Certainement. Est-ce que vous ne le saviez pas?

— Non, sans doute, le sage seul se connaît lui-même, dit M. Wacksmuth, et il était inutile d'initier M. Panonceau à cette découverte, Karl.

— Je pardonne la méchanceté, répondit Karl Siffer,

parce que je puis me défendre contre un être méchant;
mais je ne pardonne pas la bêtise, parce que je suis
sans armes contre un homme qui m'ennuie. M. Panonceau m'a ennuyé, et je considère comme un hommage à la vérité, comme un devoir impérieux de déclarer qu'il est d'un idiotisme révoltant, que sa femme
est vêtue d'une robe vert-chou ridicule, et que leur
fille a l'air d'un manche à balai. Cette famille de pin-
gouins m'a fait passer une demi-heure ; maintenant,
elle m'exaspère.

— La France ! monsieur.., reprit M. Panonceau
en posant sa serviette sur la table.

Ayant prononcé ces paroles, il donna le signal du
départ, et la famille Panonceau se retira en bon ordre
dans son appartement.

Mlle Julie n'avait pu retenir un sourire en voyant le
dénouement de la scène.

— Mademoiselle, dit Karl Siffer s'adressant à la
jeune fille, j'ai le ferme espoir que, demain, nous
n'aurons pas la joie de déjeuner avec ces spirituels
émigrés. J'ai même lieu de supposer qu'ils pourront
bientôt se livrer à leur manie de locomotion, et continuer leur tour de France... Mesdames, je vous
souhaite le bonsoir et une bonne nuit.

Karl Siffer et son maître, avant de se séparer, vi-
dèrent ensemble quelques cruchons de bière et cau-
sèrent jusqu'à une heure assez avancée.

— La plus perdue de toutes les journées est celle où l'on n'a pas ri, dit le capitaine en belle humeur. Il m'est venu une idée, et, comme l'empereur Titus, je ne veux pas me coucher sans la pensée d'avoir fait une bonne action.

— Voyons cela, dit M. Wacksmuth.

Karl Siffer lui fit signe de le suivre, et alla frapper à la porte des exilés plongés dans le sommeil.

— Qui est là? dit la voix du chef de la famille.

— Moi, le capitaine. Je désire faire la paix avec vous.

M. Panonceau ouvrit la porte, et apparut coiffé d'un bonnet de coton.

— Ce costume nocturne vous va fort bien, monsieur Panonceau. Je suis bien aise de vous avoir vu dans cet appareil... Sans rancune, hein?

— Je suis touché de votre démarche, répondit M. Panonceau, et je ne demande pas mieux... que... de...

Les cris perçants de Mme et de Mlle Panonceau l'empêchèrent de continuer ce remarquable discours.

— Est-ce qu'il y a le feu? demanda Karl Siffer avec un intérêt marqué.

— Là! là! horrible! glapit Mme Panonceau du fond de l'alcôve.

— Mais, en effet, dit M. Panonceau bouleversé...

— Ne faites pas attention, dit le capitaine, c'est une

grenouille que j'ai apprivoisée et qui ne me quitte jamais...

M. Wacksmuth se tenait les côtes à la vue de l'Acrobate, métamorphosé en grenouille, qui faisait des sauts désordonnés à travers la chambre et bondissait comme une balle élastique.

Le capitaine échangea encore quelques paroles consolantes avec les exilés, remis de cette chaude alarme, et il les quitta en leur renouvelant l'assurance de ses sentiments les plus sympathiques.

— Pauvre Tanneur! soupira le Singe vert en regagnant son lit.

Le lendemain matin, de bonne heure, muni des instructions de son capitaine, l'Acrobate se rendit chez le directeur de la police prussienne et lui dénonça la famille Panonceau.

— Le capitaine Siffer, dit l'Acrobate après une série d'explications motivées, pense que ce sont des espions très-dangereux.

Une demi-heure après, ils étaient arrêtés, conduits à la Prévôté, interrogés et mis au secret.

En descendant à l'heure du déjeuner, le capitaine Siffer et M. Wacksmuth présentèrent leurs devoirs à Mme Legrand et à sa fille.

L'histoire de la grenouille avait d'abord amusé les habitants de la maison, mais l'arrestation de la famille Panonceau, sans désoler personne, intéressa Mlle Julie. Elle demanda leur grâce au capitaine.

— Ils ne courent aucun danger, dit Karl Siffer. Je n'ai trouvé que ce moyen de ne pas les avoir à déjeuner. Ils recevront l'ordre d'émigrer un peu plus loin, voilà tout.

Le soir même, au moment où on servait le café, la domestique signala le retour de la famille Panonceau.

M. Panonceau était bien loin de soupçonner que son arrestation était une bonne farce, une excellente plaisanterie, une combinaison inédite du capitaine Siffer. Aussi son premier soin fut-il de lui raconter les tribulations de cette néfaste journée.

— Imaginez-vous, monsieur, dit-il après avoir reçu du bon M. Wacksmuth un témoignage non équivoque de ses sentiments de condoléance, que j'ai été arrêté ce matin comme espion.

— Regrettable erreur, fit observer Karl Siffer. D'ailleurs, vos compatriotes voient également des espions partout. L'erreur est réparée, sans doute, et le chef de la police prussienne vous a fait des excuses?

— Pas précisément, monsieur. J'ai l'ordre de quitter Tours cette nuit même. Comme les trains ne marchent plus, j'ai dû louer une voiture... Ma femme et ma fille sont occupées à faire les malles.

— Et où allez-vous?

— A Poitiers.

11

— Vous avez un laissez-passer ?

— On m'en a délivré un... Le voici.

— Bien, songea Karl Siffer après y avoir jeté un coup d'œil. Cette famille va patauger d'une façon prodigieuse... Et, dit-il, vous vous fixerez à Poitiers ?

— Je compte pousser jusqu'à Bordeaux.

— Belle ville, Bordeaux, cité opulente, beau port, grands vins. Cependant, je pense que vous éprouverez une certaine difficulté à sortir des lignes de nos armées. Je vois sur votre passe-port « *Recommandé*. »

— J'ignorais ce détail, monsieur, ne connaissant pas l'allemand.

— Ce simple mot « *Recommandé* » vous soumet à la formalité du visa sur tout le parcours. Je suppose que vous serez fréquemment arrêté en chemin... au moins quarante stations.

— Mais je n'arriverai jamais !

— Avec de la patience, vous en sortirez. A votre place, monsieur, je m'embarquerais pour l'Angleterre.

— J'aurais mieux fait de commencer par là ; je n'aurais pas eu le pénible désagrément d'être traité comme un espion.

— C'est, en effet, assez bizarre. Comment peut-on fonder une théorie d'espionnage contre une famille de touristes, qui errent de ville en ville et fuient à l'approche des armées ?

— C'est ce que je me suis efforcé d'expliquer ; mais la dénonciation était motivée de telle façon que j'ai eu les plus grandes difficultés à me tirer de ce mauvais pas.

— Ah ! ah !

— Oui, monsieur, l'accusation d'espionnage était basée sur deux faits :

« Pourquoi la famille Panonceau n'a-t-elle pas quitté la ville de Tours, résidence du quartier général, comme les autres villes intermédiaires? »

— En effet.

— J'ai dit la vérité, c'est-à-dire que ma femme et ma fille étaient fatiguées de ne pouvoir se fixer nulle part. J'ai même fait valoir une raison d'économie.

— Défense habile !

— Mais ce qui vous surprendra, monsieur, j'étais accusé d'exprimer systématiquement des opinions favorables à la Prusse, et c'est ce qui a éveillé les soupçons.

— Naturellement. Les espions cachent leur jeu sous des apparences perfides. Il eût mieux valu, pour vous, ne rien dire, ou, ce qui est plus sûr, pousser vos excursions de touriste un peu plus loin.

— C'est une leçon pour l'avenir. On ne m'y prendra plus.

Une demi-heure après, une voiture emportait M. Panonceau, sa famille et sa fortune.

Nous ne les suivrons pas dans les cercles qu'ils eurent à franchir avant d'échapper aux visas militaires.

Le passe-port était constellé de cachets variés. Ce fut un calvaire. Après douze jours d'allées, de venues, de marches, de contre-marches, de persécutions, d'interrogatoires, de péripéties étranges, ils se retrouvèrent libres.

Le voiturier avait fait prix moyennant cinquante francs par jour. M. Panonceau se crut ruiné. D'autre part, pendant ses exercices dans leur chambre, l'Acrobate avait enlevé les bijoux de Mme Panonceau.

Cependant, malgré tant d'épreuves supportées avec constance, M. Panonceau devait revoir sa maison du boulevard du Prince-Eugène, qui n'avait pas été bombardée. En sa qualité d'absent, son appartement eut le privilége d'être occupé par des mobiles des départements et une famille de maraîchers de la banlieue de Paris, qui firent la cuisine tantôt au salon, tantôt dans la chambre virginale de Mlle Cydalise, partout, excepté dans la cuisine.

M. Panonceau, rentré dans ses foyers, assista à l'aurore de la Commune.

Cette fois, il partit pour la Suisse et il y est encore.

Il attend le retour de la Chambre à Paris.

CHAPITRE XIV.

Le plan de M. Wacksmuth.

Après de longues réflexions, l'éminent M. Wacksmuth résolut ce double problème :

Eloigner Karl Siffer pendant quelques jours ;

Découvrir la retraite de Jeanne, la fille du marquis de Dompierre.

M. Wacksmuth avait un plan, simple comme toutes les grandes inventions. Il voulait observer son élève dans cette nouvelle phase de passion. Son expérience fut préparée avec la sage lenteur qu'il apportait dans toutes ses études, et sans chercher des combinaisons à perte de vue, il s'était arrêté à la marche suivante.

Son premier soin avait été d'envoyer un émissaire adroit, chargé de surveiller les abords du château de Dompierre.

— Le lièvre retourne toujours au gîte, s'était dit M. Wacksmuth. Mlle Jeanne ne doit pas être loin. Si elle ne revient pas au logis, il doit nécessairement exister un service organisé de communications et de correspondances entre elle et sa famille. Par conséquent, soit par sa présence, soit qu'elle reçoive la visite du marquis, du curé, ou de quelqu'autre messager, je découvrirai sa retraite.

Ce calcul fut couronné d'un plein succès. La semaine ne s'était pas écoulée que l'émissaire avait accompli sa mission délicate.

Un matin, M. Wacksmuth reçut une lettre, remise en ses mains, qui renfermait ces informations d'un laconisme télégraphique :

« Monsieur,

» D'après les ordres que j'ai reçus, je me suis mis en campagne. Le marquis de Dompierre fait de fréquentes excursions dans un bourg nommé Vernon-sous-Bois, situé à environ trente-deux kilomètres de son château. Il s'y rend seul, quelquefois à cheval, mais plus habituellement avec un breack qu'il conduit lui-même. Là, il s'arrête chez le baron de Bremoncourt. La nuit venue, le marquis se met en route à pied, et se rend à un couvent, situé en pleine forêt, à quelques portées de fusil du bourg.

» C'est un couvent de Visitandines. D'après les indications que j'ai pu recueillir et que je crois exactes, il sert d'asile à plusieurs femmes et jeunes filles appartenant à des familles de marque. Les deux personnes qui vous intéressent y sont cachées. Comme le mari de la comtesse de Ravigny fait partie du corps de Charette, cette circonstance suffit pour motiver une perquisition et un interrogatoire.

» Tels sont les renseignements que je m'empresse de vous transmettre. En attendant de nouveaux ordres, je me tiens à votre disposition, et me dis, monsieur, votre très-humble serviteur.

» *** »

Cette première découverte étant acquise à la science, le reste n'était plus qu'un jeu. Le jour même, M. Wacksmuth se rendit au quartier-général, où il eut une conférence avec le chef d'état-major.

Une heure après, Karl Siffer était appelé dans le cabinet du général.

Tout cela s'était accompli à son insu, et il était bien loin de soupçonner la main de son excellent maître dans les capricieuses évolutions de sa destinée.

— Capitaine Siffer, dit le chef d'état-major, vous avez rendu des services... Je vois deux blessures reçues aux environs de Blois... Je suis chargé de vous dire qu'au retour de la campagne un poste important vous est réservé par le ministre des relations extérieures. Vous y trouverez l'emploi de vos facultés

brillantes, et la juste récompense de votre belle conduite pendant cette guerre.

Karl Siffer s'inclina.

— Vous savez, continua le chef d'état-major, que
l'armée française se replie sur la Suisse. Voici sa
marche d'après mes dernières dépêches.

Le chef d'état-major posa le doigt sur une carte et
poursuivit :

— Dans six jours elle sera à Neuchâtel par la chaîne
du Jura et les vallées du Doubs... Vous avez suivi?

— Parfaitement, général.

— Voici ce que j'attends de vous, capitaine Siffer.
Vous allez vous rendre à Montbéliard. Là, vous vous
concerterez avec l'état-major. Nous occuperons la
Franche-Comté jusqu'à la frontière helvétique. C'est
un pays de montagnes, difficile à explorer, mais j'ai la
ferme certitude que vous saurez mener cette expédition à bonne fin.

— Je suis prêt, répondit Karl Siffer.

— Combien avez-vous d'éclaireurs?

— Cinquante, général.

— Prenez encore cent hommes au dépôt de cavalerie.
J'ai prévenu. Voici votre ordre de marche et des pouvoirs discrétionnaires. Vous partirez demain matin.

— Oui, général.

— Allez, capitaine. Je vous reverrai avec plaisir,
et croyez à mon attachement.

— Eh bien? dit M. Wacksmuth, qui se promenait de long en large en attendant le retour de son élève, quel est le résultat de cette entrevue?

— Mauvaise nouvelle, maître. Mission dans l'Est, frontière suisse, par le Jura et le Doubs. A la fin de la campagne, promesse d'un poste diplomatique.

— Tu appelles cela une mauvaise nouvelle, Karl? Tu es devenu bien ambitieux ou bien indifférent.

— J'aurais préféré rester ici... Nous sommes séparés.

— Tu seras de retour avant une quinzaine, car j'espère que tu échapperas aux accidents du voyage.

— Ces quinze jours sont perdus pour moi.

— Oui, sans doute, les opérations de l'armée de l'Est doivent te sembler bien insignifiantes dans la balance de ton amour; mais les heures seront utilisées. Je t'attendrai ici, Karl, et tu trouveras la route ouverte pour rejoindre Mlle Jeanne.

— Si vous découvrez sa retraite.

— Je te le promets.

— Le désir n'est pas l'accomplissement de la volonté.

— Je prends l'engagement d'honneur de tenir cette promesse. Veille sur ta vie et compte sur moi.

— Merci, cher maître.

Ils s'éloignèrent ensemble et se dirigèrent dans les rues étroites de la vieille ville, où les cent hulans dé-

11.

signés pour la nouvelle expédition étaient casernés. Ils trouvèrent l'Acrobate, élevé récemment au grade de sous-officier devenu vacant par la mort de l'Homme rouge, en train de distribuer la solde du détachement.

En pénétrant dans la cour, Karl Siffer aperçut des pendules exposées à toutes les fenêtres.

Cette facétie le fit sourire.

— Il y a ici une singulière odeur, dit-il.

Comme il promenait son regard autour de lui, il aperçut une caisse de bois à claire-voie dans laquelle était renfermé un renard vivant.

— Qu'est-ce que cela signifie? interrogea le capitaine.

— C'est un renard pris au piège, que nous avons trouvé hier aux environs, répondit le Singe. Nous l'avons ramené dans cette cage.

— Il empoisonne... Et que comptes-tu faire de cet animal?

— Je l'ai mis en loterie, et j'ai prié les habitants de la maison de placer les billets...

— Très-bien, très-bien... La loterie est-elle tirée?

— Oui, capitaine. C'est une dame qui a gagné, et je vais faire envoyer le renard chez elle.

— Tant mieux... Nous partons demain pour la frontière de Suisse. Prenez vos mesures pour entrer en campagne.

L'Acrobate s'efforçait de marcher sur les traces de

son valeureux chef, et il ne pouvait se proposer un modèle plus illustre, mais le Singe justifiait son nom et n'était qu'un pâle imitateur.

Le lendemain, Karl Siffer quittait la ville de Tours avec cent cinquante cavaliers et reprenait la route de Blois. M. Wacksmuth l'accompagna jusqu'à l'extrémité du pont, où ils se séparèrent avec l'espoir partagé d'un prochain retour.

Malgré le charme irrésistible qui s'attache aux moindres particularités des expéditions du capitaine Karl Siffer, nous franchirons d'un trait la distance qui le séparait du terme d'arrêt de sa nouvelle mission. Il arriva sain et sauf à Montbéliard. Ses étapes de guerre s'accomplirent, tantôt à cheval, tantôt en chemin de fer, après quatre jours d'un voyage agrémenté par une série de farces originales et de plaisanteries dignes des anciens jours.

Montbéliard était occupé. Le général chef d'état-major, auquel il se présenta à l'arrivée, lui remit une carte pointée qui devait lui servir d'itinéraire. L'armée française avait pu se jeter en Suisse, et il ne s'agissait plus que d'échelonner des troupes d'occupation dans les localités voisines de la frontière.

Le capitaine Siffer reçut l'ordre d'aller explorer les positions, et de revenir avec un rapport détaillé sur les ressources et les dispositions des cantonnements désignés sur la carte. Par suite de l'occupation de

Montbéliard, le maire de Val-d'Ajoye, chef-lieu de canton, faisait les fonctions de sous-préfet. Val-d'Ajoye était donc le centre des opérations du capitaine Karl Siffer.

C'est là que nous le retrouverons.

CHAPITRE XV.

FRANCHE-COMTÉ.

Deux chasseurs de montagne tuent un loup, un lièvre
et des hulans.

Le lieutenant de douanes Picaud rentrait à Val-
d'Ajoye. La nuit était tombée, et les dernières notes
de l'*Angelus* tintaient comme un glas funèbre.

La petite ville avait vu deux fois les Prussiens, en
1813 et en 1815, et elle les attendait encore.

La longue silhouette noire du lieutenant se profilait
sur la neige, éclairée par les rayons de la lune dans
un ciel d'hiver. A chaque poil de sa moustache pendait un petit glaçon cristallisé; ses habits étaient
roides et ses guêtres de droguet portaient une croûte
de neige jusqu'au genou. Sur la place, il aperçut Chevrier, coiffé d'une calotte rouge, qui fumait sa pipe,
les mains dans ses poches. Chevrier était un ancien
compagnon, bâti sur pilotis. Sous sa blouse on devi-
nait des muscles noueux et des épaules de taureau.

Le lieutenant Picaud et Chevrier chassaient souvent ensemble, et rappelaient assez bien Don Quichotte et Sancho.

— Salut, lieutenant.

— Hum ! salut, grommela le lieutenant Picaud
d'un air rogue en s'arrêtant.

Tirant alors ses mains englouties dans une paire
de moufles pendues à son cou par un cordon, il
bourra méthodiquement sa pipe, l'alluma, referma le
couvercle, et lança un tourbillon de fumée avec un
bruit sec des lèvres.

Le lieutenant et Chevrier étaient deux chasseurs
dignes des héros de Cooper. Ils fatiguaient les chiens
et franchissaient tout. Pied de chamois, œil d'aigle,
ils marchaient douze heures de cadran en montagne,
sans manger, par le froid noir, communiquant par
signes.

Chevrier observait la carnassière vide du lieutenant. Celui-ci fouilla silencieusement dans sa poche,
et lui montra une pincée de poils d'un jaune pâle.

— Manqué, dit Chevrier.

— Touché.

— Ah! ah! la bête n'a pas voulu.

— Cinq heures de course, une heure d'affût. Le
chien a bien lancé, le lièvre a bien passé, j'ai bien
tiré, mais plus de jour. Je relancerai la bête demain
à quatre heures du matin... Si vous voulez venir?

— Pas de chien.

— Le mien suffit. Part au chien.

— Bon.

— Quatre heures, bonsoir.

— Salut.

Habituellement ils chassaient ensemble, chacun pour son coup de fusil ; mais, depuis l'automne, Chevrier ne chassait plus. A peine si de temps en temps, on le voyait errer le long de la rivière, sa carabine à l'épaule, pour envoyer une chevrotine dans l'œil d'une truite. On lui avait tué son chien, quelque vengeance de chasseur jaloux ou de paysan. Il battit les sept plateaux de la montagne sans tirer un coup de fusil, cherchant son homme. Son chien était incomparable. Il l'appelait *Dernier des fils*. Il aurait abattu son assassin s'il l'avait découvert.

Le lendemain, à quatre heures, par la nuit noire, le lieutenant était sous sa fenêtre et donnait un coup de cornet.

Une petite lumière s'éteignit et Chevrier descendit.

— Salut.

— Salut.

— Chevrier, dit le lieutenant, les hulans sont signalés. Les voici qui viennent dans la montagne. C'est de la contrebande, Chevrier.

— Deux hommes au Fondereau peuvent faire de la besogne.

— Vous êtes un bon, Chevrier.

— Lieutenant, l'armée est passée en Suisse... Le mieux serait peut-être de ne pas attirer des malheurs. Les Prussiens flamberaient Val-d'Ajoye comme une meule de foin.

— Je n'ai garde d'attirer un malheur, Chevrier. J'ai prévenu le maire que nous allions chasser le loup, et que nous ne reviendrions peut-être pas avant deux ou trois jours. Il a dit que c'était bien.

— Alors nous tâcherons... je ne demande pas mieux...

— Commençons d'abord par le lièvre, Chevrier, et si les hulans arrivent au deuxième plateau...

— Ma foi, tant pis pour eux... Allons au lièvre.

Ils partirent, marchant côte à côte.

A quelque distance, le chien dépista sur le bord de la route deux colporteurs de la montagne, moulés dans la neige comme dans une couche de ouate.

— Hé! les porteurs de balles, venez-vous du haut?

— Nous en venons.

— Quelle neige?

— Dure... On peut marcher sur la croûte, mais il en est tombé un peu cette nuit. Jeune neige est bonne pour suivre les lièvres. Salut.

— Salut.

Quand le petit jour se leva, les deux chasseurs étaient en pleine montagne. La neige portait. La plus fraîchement tombée formait une couche molle qui craquait sous le pied.

Le chien flairait des empreintes. Chevrier se mit à genoux pour examiner le terrain sillonné sur la lisière du bois.

— Voici des pattes de loup, des pattes de furet, des pattes de renard..: et voici votre lièvre d'hier, lieutenant... Rampo !

Le chien revint en lancer.

— Voilà, beau fils ! hardi là, garçon ! file rapidement et serrons !

Le lieutenant Picaud gagna les hauteurs. Chevrier suivit la direction du chien, et s'engagea sur une couronne de rochers surplombant un précipice de cinq ou six cents pieds.

Vers midi, il entendit deux coups de feu, suivis de trois coups de cornet.

— On me sonne au loup, dit-il en serrant sa pipe entre ses dents. Rampo a son collier à pointes, le lieutenant un fusil double, c'est un loup de moins dans le département... Bon ! deux coups de cornet, le renard a passé... Voici que les bêtes sont comme les gens, elles filent aux cent mille diables sans savoir pourquoi... Mille tonnerres ! le chien ne passera pas là !... Ici, Rampo, vieux chacal, grimpe sur moi ! Haut, garçon ! tiens-toi, fils ! Quel chemin d'enfer ! et un soleil blanc comme un fromage de chèvre !... Il est dans les midi... le lieutenant se f... de ça, vingt-cinq dieux! Son soldat lui apporte une terrine de soupe chaude au fromage et une bouteille d'arbois fin rouge quand il a chaussé ses guêtres... Descends là, Rampo, fils de chienne, va-t'en voir si j'ai une Margot pour m'allumer le feu et tremper ma soupe dans un sabot. Six pommes de terre avec un demi-litre, et roule jusqu'au souper!... Et j'ai perdu *Dernier des fils*...une balle dans le ventre du brigand!... Un coup de cornet, c'est pour le lièvre... Au lièvre, Rampo, et filez rapidement!... Voilà le lieutenant dans les nues... Un rude, le lieutenant, un terrible!... Il faut avoir vendu sa carcasse à Belzébuth pour descendre ces cols de rochers sans être en miettes... Nous voici dans les pâtures... ce lièvre nous mène en Suisse.

Pendant ce monologue, le lieutenant fumait sa pipe sur le plateau, observant les mouvements de son compagnon. Chevrier se hissa jusqu'à lui en droite ligne, à travers les pierres qui roulaient sous ses pieds.

— Du sang, lieutenant, où est la bête?

— Touchée au flanc.

— Est-ce que vos canons sont tordus?

— J'ai du brouillard dans l'œil, aujourd'hui... Ca ne va pas... Une belle louve pleine... Chevrier, ça ne va pas.

— La voilà, le chien pendu à l'oreille... Un moment...

Chevrier abaissa le canon de sa carabine sur la neige, la releva lentement d'une main, comme un pistolet, et tira.

La louve roula dans une convulsion, la tête trouée.

— En passant à Gors, nous enverrons la ramasser.

Vers deux heures de l'après-midi, après des marches et des contre-marches, la piste du renard était perdue. Le chien forçant toujours le lièvre, le lieutenant s'arrêta un instant et observa l'horizon.

— Chevrier, voici une tourmente. Le vent va nous aveugler. Le lièvre repassera là-haut si le chien va bien... Tournez le village et attendez au *Carrefour des Sapins*; moi, je me tiendrai près de la *Fontaine de Saint-Ligier*.

Chevrier s'éloigna.

Le village, à moitié enseveli sous la neige, paraissait désert. Le vent soulevait des tourbillons qui comblaient les ravins. Entre les gorges, des sapins de deux cents pieds craquaient, ployés comme des roseaux, et des chênes roulaient déracinés.

Il entra dans une auberge, et s'assit sous le manteau d'une cheminée colossale, rouge de feu comme une fournaise.

— Fille, dit-il à la servante, des choux, du lard et du vin.

Après avoir mangé et bu deux carafes de vin, il sortit avec un sifflement de satisfaction.

— Le lieutenant, songea-t-il, est peut-être balayé à tous les diables. Allons au lièvre.

Le jour commençait à baisser. Le vent faisait pleuvoir des débris de branches sèches, mais il passait sans pénétrer sous le couvert de la forêt. Le coup de cornet du lieutenant se fit entendre, bientôt suivi de l'aboiement du chien.

— Voici la bête, dit Chevrier en armant sa carabine.

Il mit un genou en terre et épaula. Le chien était encore loin. Le lièvre apparut et s'arrêta indécis à cent pas du carrefour.

— Coup de joie! dit Chevrier lâchant la détente.

Le lièvre sauta en l'air d'un bond prodigieux et retomba.

L'ayant ramassé et fourré dans sa carnassière, il siffla le chien et rejoignit le lieutenant à la Fontaine de Saint-Ligier. Comme il s'approchait, il hésita, cherchant des yeux le lieutenant Picaud. Il finit par le découvrir, et son visage exprima une visible stupéfaction.

Le lieutenant avait enlevé le saint de sa niche et s'était mis à sa place. Debout dans cette guérite improvisée, il fumait gravement sa pipe.

— Il y a assez longtemps, dit-il avec un clignement

de l'œil gauche, que saint Ligier était de faction, je l'ai relevé... Maintenant le vent se calme, remettons-le dans sa niche et rentrons. La bête est manquée.

Sur ces mots, Chevrier cligna de l'œil à son tour, et, du geste d'une bergère soulevant le coin de son tablier, montra deux pattes à poil jaune qui sortaient du coin de son carnier.

— C'est le mien... coup superbe, Chevrier.

— Un coup de joie.

— S... n... d...! Enfin... rentrons à Gors.

— Nous y serions déjà, lieutenant, si nous avions eu *Dernier des fils*, et, vingt-cinq dieux, j'aurais ma peau de renard par-dessus le marché.

Pendant que le lieutenant Picaud et Chevrier rentraient au village de Gors, où ils trouvèrent grand feu et bon souper à l'auberge, le capitaine Karl Siffer arrivait à Val-d'Ajoye. Il avait quitté Montbéliard le matin. De Voujaucourt, il avait suivi la vallée du Doubs et s'était arrêté à Val-d'Ajoye.

Cette petite ville, bâtie au point de jonction de quatre routes rayonnantes qui serpentent entre des chaînes de montagnes étagées en amphithéâtre, était un point stratégique important et un centre d'opérations. Les passages se gardaient pour ainsi dire d'eux-mêmes. L'une des routes escarpées, taillée au flanc de la montagne, comme celle du mont Cenis, conduit à Neufchâtel. Outre ces quatre routes prin-

cipales, de nombreux chemins et des sentiers abou-
tissent à des villages et à des fermes. Il faudrait une
carte pour montrer par quelles courbes, des chemins
qui semblent conduire à des directions opposées, se
rejoignent au sommet de la même montagne. Cette
particularité s'explique par le croisement des spirales
tournantes.

Telle est la situation topographique et stratégique
de Val-d'Ajoye, avant-dernière étape de l'armée
française qui venait de passer en Suisse.

Les éclaireurs de Karl Siffer avaient devancé sa
marche et étaient arrivés sans encombre. Leur premier soin avait été de marquer à la craie les portes
des maisons. Après avoir fixé le chiffre et la nature
des réquisitions, ils retournèrent au-devant du capitaine.

Bientôt il fit son entrée dans la ville. Tout était désert et silencieux. L'escadron noir se dispersa dans
les maisons par escouades de dix hommes. Le capitaine se rendit chez le maire, faisant fonctions de
sous-préfet, par suite de l'occupation de Montbéliard.

M. Pertuisot le reçut avec cette froide politesse qui
est une arme. Une collation était servie. Karl Siffer,
l'appétit aiguisé par une longue marche, s'empressa
d'y faire honneur.

— Monsieur le maire, dit-il, nous ne séjournerons
pas ici; ma mission est d'explorer la montagne jus-

qu'à la frontière. Je pense que ma troupe ne court aucun danger de surprise au passage des défilés. Je vous adresse cette question dans l'intérêt même du pays.

— Vous n'avez pas à craindre aujourd'hui de résistance armée, monsieur; mais, en montagne, il y a toujours à prévoir le coup de fusil d'un paysan.

— J'ai songé à cela et, pour éviter les représailles, je désire que vous envoyiez immédiatement cette circulaire aux maires des localités de votre circonscription.

Elle était ainsi conçue :

« Les habitants de la commune de... sont informés » que tout individu, convaincu d'un acte d'hostilité » contre les troupes d'occupation, sera fusillé et sa » maison incendiée. Dans le cas où le coupable ne » serait pas découvert, un notable sera pris à sa place » et envoyé dans une place forte d'Allemagne. »

— C'est bien, dit M. Pertuisot, je vais expédier cette circulaire par exprès aux maires de mon arrondissement.

— Pour éviter tout malentendu, je dois vous prévenir que j'ai l'habitude de voyager en compagnie de quelques habitants. Vous voudrez donc bien me suivre dans mes excursions avec deux conseillers

municipaux à votre choix, jusqu'à la frontière de
Suisse.

— Volontiers, monsieur.

— Cette mesure n'a aucun caractère exceptionnel ;
elle résulte de notre système général. Si nous voya-
gions en chemin de fer, je vous ferais monter sur la
locomotive. Maintenant que ce point est réglé d'un
commun accord, monsieur le maire, nous pouvons
parler d'autre chose...

Il allongea ses jambes devant le feu.

— L'hiver est rude dans ce pays de loups.

— En effet, monsieur, ce ne sont pas les loups qui
manquent, et nos chasseurs de montagne ont souvent
maille à partir avec eux.

— On a fait aux loups une mauvaise réputation,
reprit Karl Siffer, et assez imméritée. Ils obéissent à
leurs instincts naturels. Pour mon compte, je plains
sincèrement les loups. En somme, à examiner froidement les choses, il y a des animaux qui reçoivent
une trop large part de coups de fusil.

— Si, demain, les loups sortent de la forêt, cette
circonstance modifiera peut-être votre opinion à leur
égard.

— Je conviens que la rencontre d'un loup à jeun
peut avoir des conséquences fâcheuses, mais un fait
acquis à l'histoire naturelle, c'est que le loup obéit à
la loi de la nécessité, et que l'homme est le seul

animal qui tue pour rien, pour le plaisir. Il a l'ivresse
du sang. Il faut que le but de son adresse soit,
non pas une cible ou un mannequin, mais un être
vivant, inoffensif ou dangereux, peu lui importe,
gibier à poil ou à plume. Quand on a vu la façon
dont s'abordent les armées, on comprend tout de
suite la supériorité de l'homme sur les animaux,
constatée par l'invention de la poudre.

— Cette opinion est indiscutable.

— Je trouve que la société fait aux loups une situation inacceptable. Leur tête est mise à prix dans le
ventre de leur mère. Condamnés à la proscription dès
le berceau, le brigandage, le meurtre et la rapine
sont les conditions forcées de leur existence.

— C'est aussi le lot des nations pauvres, remarqua
M. Pertuisot.

— Ceci est une allusion, monsieur le maire, dit
Karl Siffer avec vivacité.

— Ce n'est pas une allusion, c'est une personnalité.

— Eh bien! à la bonne heure! C'est fort aimable
à vous et je m'en souviendrai. Je reviens à mes loups.
Quel est leur crime? L'hiver, ils sortent de leurs retraites, chassés par la faim, et on leur doit cette justice, qu'ils ne se mangent pas entre eux. C'est par ce
caractère qu'ils se distinguent des anthropophages,
et les naufragés n'agissent pas toujours avec la même
circonspection. On a calomnié les loups. En interrogeant l'histoire de ces carnassiers, on est forcé de

12

convenir que si la raison du plus fort est toujours la
meilleure, ce principe peut s'appliquer aux chasseurs, et vous reconnaîtrez avec moi de bonne grâce,
monsieur le maire, qu'il résume assez bien la logique de la guerre et de la politique.

— Je n'en disconviens pas, et c'est précisément
mon opinion.

Le lendemain, après déjeuner, Karl Siffer se mit
en route avec ses cent cinquante cavaliers. Le maire
et deux conseillers municipaux à cheval étaient en
avant de la colonne. Au milieu, disséminés entre la file
des cavaliers, des notables à pied suivaient comme
otages. Huit heures de marche en montagne les séparaient de Morteau, dernière ville frontière du côté
de Neuchâtel. Pour gagner cette étape, il fallait
passer au Fondereau, non loin de Val-d'Ajoye, au
bout des spirales de la route qui se déroulait sur le
versant du premier plateau.

Ce qu'on appelle le Fondereau est un passage in-
franchissable. A droite, la route est flanquée d'un
rempart naturel de rochers colossaux, superposés à
pic comme des falaises. A gauche est un précipice
effroyable, dont la pente rapide, presque perpendiculaire, est couverte de morceaux de granit bleuâtre
et d'arbustes rabougris. Cette aridité sauvage contraste avec la végétation puissante des montagnes

boisées de coudriers, de hêtres, de frênes, de noyers,
de chênes et de sapins, aux frondaisons assombries
par le vert éclatant des pâturages, ondulant à leurs
pieds comme des vagues immobiles. Au fond, la rivière bouillonne.

Des travaux d'art ont achevé l'œuvre de la nature.
Les remparts granitiques ont été cuirassés d'une ar-
mure de pierre, la route a été coupée et reliée par
un pont de bois miné, reposant sur des piliers en ma-
çonnerie, et sous lequel on descend par un escalier
suspendu au-dessus de l'abîme.

Le lieutenant Picaud et Chevrier fumaient silencieusement leur pipe, embusqués dans un bois de
sapins qui couronne le plateau. A leurs pieds, se
déroulait la perspective des montagnes couvertes de
neige. De cette hauteur, ils pouvaient apercevoir la
colonne noire qui serpentait dans le défilé.

— Les voici, dit le lieutenant en armant les chiens
de sa carabine de chasse.

— Tâchez de ne pas vous tromper, répondit son
compagnon avec un bon rire... c'est le maire Pertuisot qui est d'avant-garde.

— Je sais où vont mes balles, Chevrier.

— Lieutenant ?

— Hein ?...

— Il me semble qu'on aurait bien pu faire sauter
le pont du Fondereau.

— Oui.

— C'est ce que j'ai dit. On m'a répondu que les Prussiens pourraient rétablir le passage en une demi-heure de temps.

— C'est possible.

— Pas si nous étions là.

— Tirons posément... Y êtes-vous, Chevrier?

— Je vous attends.

— C'est que je ne vois pas d'officiers.

— Ils n'ont point d'épaulettes... Je crois que celui qui marche là, sur la gauche, doit être un chef... Il a un beau cheval.

— Voulez-vous le tirer?

Pour toute réponse, Chevrier épaula sa carabine et mit en joue.

— Il est un peu loin, dit-il.

Un coup sec retentit.

— Touché!

Le lieutenant Picaud lâcha ses deux balles.

Chevrier visa une seconde fois.

— Ah! ah! ça ne les amuse pas... Les voilà qui ramassent... Rechargeons.

— Ne perdons pas de temps. Ils vont filer au tournant.

Quatre détonations, deux fois redoublées, se suivirent à une demi-minute d'intervalle.

— Presque tous les coups ont porté, dit le lieutenant...

— Oui... Envolés les petits oiseaux... Qu'est-ce
que nous allons faire, lieutenant ?

— Nous avons été vus ce matin à Maîche. Nous
allons canarder un loup à Roche-d'Or, et, ajouta-t-il
avec un clignement d'œil significatif, il faudra un
hulan bien malin pour prouver que nous étions au
Fondereau.

Karl Siffer était touché légèrement à la cuisse.
Chevrier l'avait tiré à quatre cents mètres.

Cinq hulans étaient blessés et deux tués roide.

La seconde balle de Chevrier avait atteint en pleine
poitrine l'Acrobate, qui marchait à côté de son capitaine.

— Enterrez-moi dans ma peau de grenouille.

Telles furent les dernières paroles du Singe-Vert.

Quelques jours après ces événements, les troupes
d'occupation entraient à Val-d'Ajoye.

M. Pertuisot fut envoyé en Allemagne.

Les hulans étaient repartis pour Montbéliard.

Karl Siffer, dont la blessure était sans gravité, put
regagner Tours à petites journées.

Le lieutenant Picaud et Chevrier rentrèrent à Val-
d'Ajoye le lendemain de la rencontre.

12.

Le lièvre étant mariné, les deux chasseurs le man-
gèrent ensemble.

Pendant le repas, Chevrier émit une réflexion judi-
cieuse :

— Dans les guerres, dit-il, si chacun tuait le sien,
on ferait de la besogne.

— Je ne dis pas non, répliqua le lieutenant.

— A deux, nous en avons bien abattu huit.

— Au Fondereau, Chevrier.

— Oui... Ils ont bien fait de retourner à Val-
d'Ajoye... Pas un n'aurait passé... Voyez-vous, lieutenant, on dira ce qu'on voudra, il fallait faire sauter
le pont. Avec vingt hommes là, on peut arrêter une
armée.

— Ce sera pour la prochaine fois, Chevrier.

CHAPITRE XVI.

Le savant M. Wacksmuth suit son plan et fait une première
expérience sur mademoiselle Jeanne.

Pendant que Karl Siffer et ses compagnons se couvraient de gloire, le bon M. Wacksmuth, plus modeste dans ses goûts pacifiques, préparait de longue
main ce qu'il appelait « la conspiration générale des
événements. » Selon son opinion personnelle, il avait
aiguillé son élève de manière à éviter les rencontres,
et il connaissait la retraite de Jeanne. Le problème
étant ainsi posé, il fallait arriver à une solution satis-
faisante, et M. Wacksmuth allait réaliser cette double
combinaison :

Voir Jeanne.

La mettre aux prises avec Karl Siffer.

Sous ses apparences débonnaires, le bon M. Wacksmuth était doué d'une férocité qu'on pourrait appeler
la férocité scientifique. Quand il s'agissait d'une expé-

rience, l'eminent professeur considérait ses semblables comme une collection de sujets d'observation, et
il aurait expérimenté le galvanisme sur ses amis les
plus chers avec la même indifférence que sur des grenouilles.

Il ne faudrait pas conclure de là que le bon, l'excellent M. Wacksmuth fût un méchant homme. C'était
un savant, voilà tout. La vie d'un insecte lui paraissait précieuse et sacrée. A ses yeux, tous les êtres
étaient au même titre les enfants de la mère nature,
apportant chacun leur part à la communauté de la
grande famille et concourant, dans la mesure de leurs
facultés, au concert de l'harmonie universelle des
mondes.

D'un autre côté, le doux M. Wacksmuth professait
ce principe que les deux lois capitales de la nature
sont la reproduction et la destruction, établissant ainsi
dans l'ordre des phénomènes physiques, un système
de compensation de la vie par la mort, de même que,
dans l'ordre des phénomènes moraux, le bien et le
mal s'équilibrent dans la grande balance. En vertu
de ces principes, M. Wacksmuth considérait la guerre
comme une conséquence nécessaire des instincts de
l'homme obéissant aux inflexibles lois de la nature.

Dans la circonstance particulière qui limitait le
cercle de ses observations scientifiques, il se trouvait
en face de deux êtres, deux sujets sur lesquels il allait

expérimenter une théorie dont il était le créateur.
Cette théorie devait couronner sa longue carrière, im-
mortaliser son nom, laisser enfin sa carte de visite à
la postérité. Pour la résumer en un mot, elle reposait
sur le magnétisme, et il l'avait ainsi formulée dans
un rapport à l'Académie des sciences :

« Le corps de l'homme rayonne un fluide magnéti-
que, le *fluide vital*, qui se décompose en *positif* et en
négatif comme l'électricité. Deux êtres mis en rapport
subissent donc une influence *attractive* ou *répulsive*,
qui donne lieu à une série de phénomènes, classés
dans l'ordre des sentiments instinctifs de *sympathie*
et d'*antipathie*. »

Ceci exposé, on comprend l'intérêt que meister
Wacksmuth attachait à son expérience.

Il allait mettre aux prises Karl Siffer et Jeanne,
c'est-à-dire deux types accomplis de la race saxonne
et de la race latine, une fourmi rouge et une fourmi
noire.

Le jour même du départ de son élève pour sa dernière expédition militaire, il écrivit au marquis de
Dompierre :

De l'état-major général, à Tours.

« Monsieur,

« Je désire avoir avec vous une entrevue dont le but

intéresse votre famille. Si les circonstances le permettent, je vous prie d'inviter madame la comtesse de Ravigny et mademoiselle votre fille à assister à notre entretien.

» Je suis, monsieur, votre très-humble et très-obéissant serviteur.

» WACKSMUTH,

» *Professeur de sciences,*
» *membre de l'Académie de Berlin.* »

Un exprès fut chargé de remettre cette lettre au marquis de Dompierre.

Le soir, il revenait avec la réponse suivante :

« Monsieur,

» Je vous attends demain à Dompierre avec ma famille.

» Je suis, monsieur, votre très-humble et très-obéissant serviteur.

» DOMPIERRE. »

En conséquence, M. Wacksmuth réquisitionna une voiture, et se fit conduire au château, où il arriva dans l'après-midi.

La grille était ouverte. La voiture décrivit une

courbe et s'arrêta au pied du perron. Le domestique en livrée qui se tenait dans le vestibule ouvrit la porte vitrée.

— M. le marquis de Dompierre est-il visible? dit M. Wacksmuth.

— Oui, monsieur. Veuillez me donner votre nom.

— Je m'appelle Wacksmuth.

Le domestique ouvrit la porte du salon et annonça :

— M. Wacksmuth.

A son entrée, il se trouva en présence des cinq personnages mis en scène au début de ce récit :

Le marquis de Dompierre, le curé, la comtesse de Ravigny, le petit Arthur et Jeanne.

Le marquis se leva et fit un pas à sa rencontre. D'un geste qui était tout à la fois un salut et une invitation, il lui désigna un siége.

M. Wacksmuth s'inclina et s'assit méthodiquement.

Avec ses longs cheveux blancs, soyeux et bouclés, encadrant sa calme physionomie, sa longue redingote de drap marron, et le chapeau à larges ailes qu'il tenait à la main ainsi qu'un jonc à pomme d'or, le vieux professeur avait un air si bon, si confiant, si patriarcal, que le petit Arthur le regardait avec étonnement. L'enfant savait qu'on attendait cette visite et, dans sa petite tête, il n'imaginait pas qu'un Prussien pût avoir cette apparence inoffensive.

— Votre lettre, monsieur, dit le marquis de Dompierre, nous a donné de l'inquiétude, et nous craignons qu'elle ne soit l'annonce d'un malheur.

— Non, monsieur, répondit le professeur avec un sourire paternel qui erra un instant sur les deux jeunes femmes.

Son regard s'arrêta sur le front de l'enfant, debout devant lui, qui continuait à l'observer avec persistance. Il reprit :

— Si j'avais pu prévoir une telle interprétation, je me serais fait un devoir de vous exposer le motif de ma visite.

Ces paroles, lentement prononcées, semblèrent dissiper le voile de tristesse qui assombrissait les visages.

— Dis donc, monsieur, est-ce vrai que tu es un Prussien ? interrogea le petit Arthur avec un sérieux imperturbable.

— Oui, mon jeune ami, répondit M. Wacksmuth de sa voix la plus caressante.

— Je ne suis pas ton ami, puisque tu es Prussien… Pourquoi n'es-tu pas habillé en soldat ?

— Les vieillards comme moi ne vont plus à la guerre.

L'enfant parut réfléchir.

— Est-ce que tu as vu papa et mon oncle?

— Non, mon enfant, mais j'espère que vous les reverrez bientôt, et que cette triste campagne est terminée... Excusez-moi, monsieur, poursuivit M. Wacksmuth en s'adressant au marquis, si je ne vous ai pas encore informé du motif de ma présence dans votre demeure. L'objet de ma visite est d'un grave intérêt pour moi seul.

— Je vous écoute, monsieur.

— Je suis forcé, pour remplir ma mission, de réveiller un souvenir pénible et dont je partage l'amertume. J'espère que vous voudrez bien me pardonner la démarche que je tente en faveur de l'intention... Il y a quelque temps, vous avez reçu la visite forcée d'un jeune officier, capitaine d'une compagnie de hulans, dont le nom est Karl Siffer?

— En effet, monsieur. Il a eu le soin de le graver sur une glace de la chambre qu'il a occupée :

KARL SIFFER,

HULAN,

Décembre 1870.

Cette précaution était inutile, il a laissé ici une trace ineffaçable de son passage.

— Karl Siffer est le fils de pauvres paysans émigrés en Amérique. Je l'ai recueilli. J'ai essayé, pendant de longues années d'exil subies pour la cause

13

de l'humanité, de paralyser par la culture intellectuelle les mauvais instincts dont il est doué à un
degré supérieur. Après une longue séparation, le jeu
des événements m'a rapproché de lui. J'ai eu la douleur de constater que ces instincts s'étaient développés
avec une énergie extraordinaire, et que l'œuvre de
la nature avait résisté à l'œuvre artificielle de la
science. Cependant, malgré ce chagrin qui afflige ma
vieillesse, je ne puis me défendre d'une tendresse
invincible pour ce fils adoptif. J'ai sondé le fond de
cette âme, de cette forte intelligence, dans l'espoir
d'y trouver une étincelle humaine. J'ai interrogé
toutes les cordes muettes de cet instrument : une
seule a vibré. Mon fils Karl Siffer, — et ceci est un
secret qui lui appartient, — aime avec toute la puissance, toute l'intensité de ses facultés violentes. Tous
ses sentiments endormis se sont éveillés à la fois. Il
aime... Sa passion est de celles qui ne pardonnent
pas, et elle peut être la source d'un grand crime ou
d'une grande vertu.

— Où voulez-vous en venir, monsieur?

— A ce fait, que sa nature originelle a subi une
complète transformation. Il m'a raconté sa vie, ses
fautes, ses crimes. J'ai vu pleurer ce jeune homme,
dont j'avais désespéré. En ce moment, il est en mission à la frontière de Suisse, où la mort lui serait
peut-être moins cruelle qu'une vie sans espoir. En

son absence, je me suis présenté à vous pour solliciter le pardon de ses torts.

Le marquis se leva.

— Le châtiment qu'il a reçu me semble égal à sa faute, monsieur. Son injure ne pouvait nous atteindre, je n'ai rien à lui pardonner.

— Je vous supplierai donc de lui promettre l'oubli.

— Je voudrais oublier, monsieur, que je ne le pourrais pas. Je n'oublierai jamais.

— Monsieur le curé sera peut-être plus indulgent pour la douleur d'un père?

— Je lui ai déjà pardonné, répondit le curé.

— Ces dames, poursuivit M. Wacksmuth, daigneront-elles accueillir ma prière avec la même générosité?

— Mes sentiments, dit la comtesse de Ravigny, sont les mêmes que ceux de mon mari et de notre père.

— Moi, dit le petit Arthur en hochant la tête, quand je serai grand, j'aurai un beau sabre et je tuerai les Prussiens.

— Et vous, mademoiselle? dit M. Wacksmuth en s'inclinant respectueusement devant Jeanne.

— Moi, monsieur? Je n'ai pas oublié, et je ne pardonne pas.

— Cette parole est cruelle dans une bouche si charmante... Et pourtant, j'avais caressé l'espoir d'être mieux compris.

— Si je vous comprenais, monsieur, votre présence serait une plus mortelle injure que l'insolence
brutale de celui qui vous envoie.

M. Wacksmuth s'inclina profondément, et sortit
sans ajouter une parole.

Il remonta dans la voiture qui l'avait amené. A ce
moment, son visage était transfiguré. Seul en face
de lui-même, il s'abandonnait librement à la joie féroce qui débordait de son âme. Le plan du bon
M. Wacksmuth en était arrivé à son complet épa-
nouissement, et il voyait s'approcher l'heure où il
pourrait suivre les étranges évolutions de son expérience. Evidemment, la combinaison de deux électricités contraires allait amener un coup de foudre.
Il avait vu briller l'éclair précurseur, et il se félicitait
d'observer le phénomène à l'abri d'un paratonnerre.

CHAPITRE XVII.

M. Wacksmuth, fidèle à son plan, fait une seconde expérience
sur son disciple bien-aimé, Karl Siffer.

Par une claire matinée d'hiver, — nous préfére-
rions un début plus original, mais on était en hiver
et la matinée était claire, — par une claire matinée
d'hiver, le bon M. Wacksmuth vit entrer dans sa
chambre son fils adoptif Karl Siffer.

Ils échangèrent une poignée de main.

L'œil du capitaine de hulans était ardent et semblait solliciter une parole décisive.

— Il est toujours temps d'apprendre une mauvaise
nouvelle, Karl. Te voilà de retour et, je suppose, sain
de corps et d'esprit.

— J'ai été blessé à la cuisse, mais à fleur de peau.

— Tu ne te ressens pas de cette blessure? dit
M. Wacksmuth avec une sincère émotion.

— Non. Ne m'en parlez plus. Cela n'en vaut pas la
peine.

M. Wacksmuth poussa un soupir de soulagement.

Son expérience, en effet, ne pouvait s'accomplir avec un sujet dans la période d'un état morbide.

— Tant mieux, mon fils, tant mieux, mon cher Karl, répéta-t-il avec une joie paternelle. Je me reprocherai toute ma vie, vois-tu, d'avoir été la cause involontaire de cette blessure.

— Comment cela ?

— C'est moi qui t'ai fait donner une mission en Franche-Comté.

— Vous !

— Oui. Cela était indispensable. Je connaissais déjà la retraite de Mlle Jeanne. Toi présent, je n'aurais pas eu toute la plénitude, toute la liberté d'esprit nécessaire à l'accomplissement de ma promesse.

— Comment ! vous connaissiez la retraite de Jeanne, et vous m'envoyiez, comme cela, me faire canarder par des chasseurs de montagne ?

— Je déplore cet accident; mais j'ai dû t'éloigner pour agir.

— Et vous n'avez pas réussi ?

— Non. Je crois même que j'ai gâté tes affaires.

— Racontez.

— Voici, sans y changer une syllabe, le bulletin de mes opérations.

M. Wacksmuth exposa la marche qu'il avait suivie et les détails de sa visite au château de Dompierre, avec une fidélité de mémoire réellement irréprochable.

— Le marquis est un vieux lion, dit-il en terminant, et le bébé est de sa graine. Quant au curé, c'est la forte tête. La comtesse est une personne aussi imposante que nulle; mais Jeanne, Jeanne, mon cher Karl, est un divin rêve de poëte, une fleur d'amour. Jeanne est une femme.

— Et voilà tout?

— N'est-ce point assez? Que pouvais-je faire de plus?

— Maître?

— Mon fils?

— Pourquoi vous intéressez-vous à mes affaires sans que je vous en prie?

— Parce que je souffrais de te voir malheureux et désespéré.

— Parce que vous cherchiez encore « *la petite bête*, » le « *grand ressort*, » que sais-je? Vous cherchiez peut-être aussi le secret de votre *Fluide vital*. Un beau jour, vous voudrez l'enfermer dans un flacon de cristal pour charger deux individus comme une bouteille de Leyde. Vous êtes un maniaque et un vieux fou.

— Merci, cher Karl, merci. J'éprouve une grande consolation de t'entendre parler ainsi. Laisse déborder ta colère. Tout à l'heure, tu seras plus calme, et nous causerons paisiblement.

— Je ne suis point en colère. Je dis que vous êtes un vieux fou, un polichinelle à barbe blanche et un vieux farceur.

— Tu es d'une logique écrasante, Karl. Tout cela est de la plus parfaite exactitude.

— Dites-moi donc, satané maniaque, savez-vous bien une chose? C'est que si votre modèle est cet imbécile de Faust, le mien est Méphistophélès.

— Je voudrais bien te voir changé en chien barbet, noir comme de l'encre, dans mon laboratoire, dit le placide M. Wacksmuth avec son bon sourire. Tu me rappellerais ton favori, qui faisait si admirablement la grenouille chez notre excellent ami M. Panonceau.

— L'Acrobate a fait le saut du tremplin dans l'éternité.

— Il a dû retomber sur les jambes.

— Cela ne vous regarde pas. Vous feriez mieux d'aller moisir avec vos bouquins, vos fioles et vos cornues, que de vouloir vous mêler de ce que vous ne comprendrez jamais.

— C'est pour comprendre, Karl.

— Avez-vous l'intention de me soumettre à la pile galvanique, comme les grenouilles de Volta?

— Non.

— Alors, vous voulez me fondre au creuset sous un globe de cristal, pour voir si vous trouverez mon amour dans les cendres?

— Non.

— Vous ne savez pas ce que c'est que l'amour, monsieur Faust, et quand vous voulez en parler, vous ne vous comprenez pas vous-même. C'est ce qu'on appelle, à l'Université, de la métaphysique.

— Je vois que tu as profité de mes leçons...

— Eh bien, êtes-vous content? Jeanne me hait... Mon âme est-elle assez dans toute sa plénitude d'activité, hein? Jeanne me hait et elle me méprise.

— Une jeune fille, dit sentencieusement M. Wacksmuth, ne peut mépriser l'homme dont elle a ôté les bottes de ses mains délicates.

— Vous croyez cela?

— Oui. Elle ne peut mépriser non plus le grand artiste dont l'âme est sonore. Voilà un piano, Karl, joue-moi cette sonate de Beethoven qu'elle a si mal exécutée pour toi.

— C'est vrai, dit Karl Siffer.

Il attaqua l'instrument. Quand les dernières notes s'éteignirent comme un vague murmure, le masque du hulan reprit l'expression sardonique qui caractérisait sa physionomie.

— La musique, dit M. Wacksmuth, est la plus puissante des associations d'idées. Si je ne me trompe, pendant une minute rapide et favorisée, tu as pu te croire encore dans le grand salon du château de Dompierre. Jeanne était assise derrière toi. Qui sait si ces flots d'harmonie n'ont pas fait vibrer son âme indifférente?

13.

— Elle me hait.

— Si j'étais à ta place, Karl, reprit M. Wacksmuth, je demanderais à la science, à l'art, à la nature, le reflet vivant de la bien-aimée.

— Comment ?

— Je voudrais que l'air qui m'environne fût tout embaumé de son parfum favori.., Tiens, respire cette odeur, ce parfum léger, subtil, enivrant.

— C'est le sien, s'écria Karl Siffer... Oui, il me semble qu'elle est près de moi... C'est la senteur de sa chevelure... Elle est blonde comme Ève...

— Je voudrais encore avoir son portrait, peint par un grand artiste.

— Je l'avais... Que n'aurais-je pas donné pour le conserver...

— Le voici...

— C'est de la magie... D'où vient ce portrait ?

— Son jeune frère a été tué aux environs du Mans. Ce portrait a été recueilli avec d'autres objets trouvés sur lui. J'avais fait faire des recherches, espérant trouver quelque lettre de Jeanne...

— Eh bien ?

— J'en ai une où il est question de toi...

M. Wacksmuth ouvrit son portefeuille, en tira une feuille de papier chiffonnée, et lut ce passage :

«... Ravigny a pu surprendre les hulans. Je t'ai raconté leur visite à Dompierre. Leur chef avait mérité la mort, mais j'ai prié mon père de demander que sa vie fût épargnée. Ravigny ne l'a pas fait fusiller. On l'a marqué au front. »

— C'est tout ?

— Oui, pour ce qui te concerne... Tu peux garder cette lettre.

— Que pensez-vous de la clémence de Mlle Jeanne, maître ?

— Je pense que cette jeune personne ne veut pas qu'on chasse sur ses terres, et qu'elle a des projets sur toi.

— Quels projets ?

— Je l'ignore. L'art de se venger est peu connu. Elle n'a pas voulu que tu meures, parce que ce genre de supplice lui aura semblé trop rapide et trop doux. Pour un soldat, la mort est une chance du métier, prévue, acceptée d'avance. Fusillé, tu aurais subi le sort des armes, et tu échappais à Mlle Jeanne. Les femmes sont mystérieuses, Karl. Tout vient d'elles : la gloire, le bonheur, le désespoir, les grands crimes et les grandes vertus. Jeanne a senti que tu l'aimais, vois-tu, et elle t'a laissé vivre, sachant bien que tu serais toi-même l'exécuteur de sa vengeance.

— Maître ?

— Mon cher fils ?

— Vous voyez bien loin.

— Mon père disait de ma tête : « Claude a une toupie qui va longtemps. »

— Oui, je ne suis qu'un enfant, un pauvre écolier devant vous.

— Il te manque une faculté, celle des dominateurs : la volonté.

— Je suis capricieux.

— Mlle Jeanne n'est pas capricieuse. Elle sait ce qu'elle fait, où elle va, et ce qu'elle veut.

— Que fait-elle? Où va-t-elle? Que veut-elle?

— Elle ne fait rien, elle ne va nulle part, et elle veut se venger.

— Et moi, je veux Mlle Jeanne!

— Tu pourras avoir un froid cadavre; mais un cœur chaud, une pensée d'amour, cela, mon fils, tu ne l'auras jamais... Il n'est pas en mon pouvoir de te donner le talisman des dominateurs. Si tu avais la volonté, si, en se fixant sur elle, ton regard pouvait lui dire : « *Je te veux*, *obéis*, » elle obéirait avec docilité.

— Elle obéirait?

— Oui, comme l'oiseau qui descend de branche en branche, fasciné par l'œil d'un serpent immobile, comme la colombe surprise par un aigle, comme le lion qui se couche aux pieds du dompteur... Oui, il y

a des êtres doués de la fatale puissance d'exercer sur
d'autres êtres ce terrible pouvoir. Tu as la prunelle
des fauves, pailletée d'or, aux éclairs violets ; mais
son éclat stellaire est sans chaleur. Ton œil ne sait
pas dire : « *Je veux.* » Il ne sait pas le chemin du
cœur de Jeanne.

— Je donnerais toute ma vie, si je pouvais la con-
centrer dans une heure de volonté souveraine.

— Non, c'est impossible, Karl. La nature choisit
ses métaux. Elle ne t'a pas pétri de cette étrange
argile d'où jaillit l'explosion de la vie. Des charlatans
vulgaires essayent de déshonorer cette faculté divine.
Les académies cherchent à l'étouffer parce qu'elle est
l'essence du génie ; mais elle rayonne comme la
lumière, elle dompte comme les caresses de la force.

— Que faire ?

— Abandonne-toi librement à ton instinct sauvage.

— Il ne me trompe pas. Je veux voir Jeanne.

— C'est élémentaire. Monte à cheval ; va au couvent des Visitandines ; fais arrêter la comtesse de
Ravigny et Mlle Jeanne comme entretenant des correspondances avec l'ennemi. Tu en as la preuve dans
les mains.

— C'est mon unique pensée. Je veux parler en
maître à cette patricienne orgueilleuse. Je veux lui
dire : « C'est toi qui m'as fait marquer au front, et

il faut un baiser de ta bouche pour cicatriser ma blessure.

— Elle ne t'embrassera pas.

— Mais, moi, je l'embrasserai.

— Que l'amour te conduise. J'ai hâte de te voir revenir, sinon vainqueur, du moins avec les honneurs de la guerre.

— Je pars. Oubliez un moment d'ingratitude.

— Tu ne me dois aucune reconnaissance, mon fils Karl. Je suis payé bien au-delà de ma peine, en voyant si bien épanouie la fleur empoisonnée que j'ai cultivée avec tant de sollicitude.

— Au revoir, maître.

— Adieu, Karl.

Le capitaine disparut.

— Maintenant, songea M. Wacksmuth en le voyant s'éloigner, voici le coup de foudre. Il ne reviendra pas.

Ayant bourré sa longue pipe de Hollande, M. Wacksmuth l'alluma. Ces soins remplis, il s'en alla faire une petite promenade sur le quai de la Loire.

En passant devant la statue de Descartes, qui s'élève à la tête du pont, il sourit d'un air particulier et murmura : *Cogito, ergo sum*, je pense, donc j'existe, j'existe, donc je pense. Cette formule vicieuse est simplement une bêtise légendaire. C'est avec des phrases creuses comme celle-là qu'on passe pour un grand philosophe... Moi, Wacksmuth, je donnerais toute la science humaine que j'ai dans la tête, pour avoir aimé la plus humble et la plus dédaignée des femmes jusqu'à la mort.

ÉPILOGUE.

LE COUVENT DES VISITANDINES.

L'expérience du savant M. Wacksmuth réussit au delà de toutes les espérances.

En quittant son vénéré maître que, dans un accès d'épanchement intime, il avait appelé « vieux far-ceur, » Karl Siffer fit sonner le boute-selle et se mit en campagne avec sa compagnie pour explorer les forêts voisines.

Parmi ses nouveaux cavaliers, un hulan avait attiré son attention. Ses camarades l'appelaient *Mohican*. Sur son masque olivâtre, on lisait la ruse et la féro-cité d'un Peau-Rouge, et son caractère tenait les pro-messes de sa physionomie. Il parlait rarement. Quand il souriait, le rictus bestial de ses lèvres charnues laissait à découvert des dents éclatantes de blancheur. Il s'amusait parfois à tordre des pièces de monnaie dans l'étau de ses mâchoires. Sous des formes grêles,

il était doué d'une force athlétique, mais il était
d'une réserve qui touchait à la timidité, et le Mohican
ne cherchait pas à faire parade de ses talents naturels.
Cependant, malgré cette modestie rare, son mérite
s'était révélé en plusieurs circonstances, notamment
pendant la dernière expédition, où il avait assommé
un paysan d'un seul coup de poing sur la tête. Cet
exploit lui avait valu un témoignage flatteur de son
capitaine qui, depuis lors, aimait à le voir auprès de
lui. A ces dons, le Mohican joignait encore une finesse
de sauvage qui touchait à la divination. Il formulait
ses idées par un signe ou par un mot, sur les hommes
et les choses.

En arrivant à Val-d'Ajoye, son capitaine lui avait
demandé ce qu'il pensait de la Franche-Comté.

Il avait répondu : « Coups de fusil, » et l'événe-
ment avait réalisé la prophétie du Mohican.

Karl Siffer était taciturne. Comme il marchait seul,
l'esprit absorbé par des réflexions moroses, il fit un
signe au Mohican, espérant ainsi détourner le cours
de ses idées et chasser des pensées importunes.

— Mohican, dit-il quand leurs chevaux furent tête
à tête, tu as causé quelquefois avec M. Wacksmuth?

La bouche du Mohican s'ouvrit avec un rictus de
singe qui découvrit ses dents blanches.

— Que penses-tu de mon maître, mon savant professeur ?

— Ami du capitaine.

— Oui, mais ton opinion?

— Patriarche très-malin.

— Juste, Mohican... Parle librement.

— Se moque du capitaine.

— Ah ! ah ! tu crois ?...

— Rit dans sa barbe tout seul.

— Pourquoi ?

— Danger pour vous.

— Du danger ?... Nous allons faire une petite promenade en forêt, à cinq lieues d'ici, et nous nous reposerons dans un couvent où il n'y a que des femmes.

— Danger là.

— Explique-toi...

— Le patriarche malin a ri.

— Il m'aime comme un fils.

— Le patriarche, égoïste.

— Mohican, tes appréciations m'intéressent. Tu es digne de remplacer dans mon cœur les chers amis que j'ai perdus, Belfrancis, le Tanneur, Bruckner, l'Acrobate. Ils sont morts tous, morts comme des héros.

— Non.

— Tu dis?

— Pas héros. Connu Bruckner, capon.

— Et les autres ?

— Capons.

— Et toi, capon aussi ?

— Peut-être.

Devisant ainsi, ils s'étaient engagés dans la forêt. Après quatre heures de marche, ils arrivèrent à Vernon-sous-Bois.

— Mohican, dit le capitaine, prends vingt hommes ; filez au galop jusqu'au couvent des Visitandines, cernez-le, et attendez-moi.

Cet ordre s'exécuta. Le reste de la troupe fit une courte halte dans le bourg. Karl Siffer demanda à parler au baron de Bremoncourt. Il apprit qu'il était absent. Après avoir recueilli quelques informations sur le couvent qu'il allait visiter, il donna le signal du départ.

Il était environ trois heures de l'après-midi quand il s'arrêta devant le couvent des Visitandines. Le bâtiment, formant un immense parallélogramme, était situé en pleine forêt.

Au coup de cloche, la sœur tourière se présenta au guichet de la porte massive, surmontée d'une croix dorée, qui donnait accès dans la première cour intérieure. A la vue des cavaliers, elle fit un geste d'effroi et de surprise.

— Ne craignez rien, ma sœur, dit Karl Siffer en donnant à sa voix l'inflexion la plus persuasive, je désirerais parler à la supérieure de ce couvent.

La sœur tourière s'éloigna. Elle reparut au bout

de quelques instants, accompagnée de la supérieure. La porte s'ouvrit. Le capitaine entra seul.

— Madame, dit-il avec courtoisie, c'est par une nécessité de la guerre que je me vois forcé de solliciter la grâce de quelques heures d'hospitalité. Vous n'avez rien à redouter de nous, et votre maison sera respectée. Tout ce que je demande, c'est de permettre à mes cavaliers de se reposer un instant et de réparer leurs forces.

Sœur Sainte-Elisabeth, supérieure du couvent des Visitandines, était une femme de tête, dont la finesse égalait l'énergie. Elle ne se laissa pas prendre à ces paroles insinuantes, mais elle feignit de croire à leur sincérité, pour démêler les projets et les intentions, si pacifiques en apparence, de ce singulier visiteur.

— Monsieur, dit-elle, il n'y a dans cette maison, que des femmes et des jeunes filles sans défense. Elles sont confiées à ma garde et sous la protection de Dieu.

— Il est loin de ma pensée de troubler leur sainte retraite, madame.

— J'ai confiance dans votre parole et dans votre honneur de soldat, et, à mon tour, je vous demanderai une grâce.

— Je vous écoute, madame.

— Il y a, non loin d'ici, un bourg où vous trouverez en abondance bien des choses qui nous manquent. Je suis prête à vous donner la somme que vous fixerez vous-même, si vous acceptez ma proposition.

— Mes cavaliers sont fatigués par une longue marche. Je suis désolé du dérangement que je vous cause, mais il m'est impossible de doubler l'étape. Notre terme d'arrêt est ici.

— Cependant, reprit la supérieure avec calme, si je suis bien informée, vous arrivez du bourg dont je vous parlais tout à l'heure, vous pouviez y séjourner, et le chemin de ce couvent n'aboutit à aucune ville.

— C'est possible, madame, répondit le hulan avec un sourire ironique, mais je ne puis vous expliquer le but de mes opérations militaires. Je m'arrête où il me plaît, et je désire y trouver l'hospitalité.

— Vous me forcez à vous recevoir?

— Oui, madame, et je consens à vous confirmer mon désir par écrit, si cette déclaration peut mettre votre responsabilité à couvert.

— C'est inutile, monsieur. Je ne relève en ce moment que de ma conscience et de mon devoir.

— Alors, il n'y a aucune difficulté.

— Je dois obéir à un ordre et céder à la force.

— C'est la loi de la guerre.

— Je la subirai, ne pouvant m'y soustraire.

— Y a-t-il des hommes dans cette maison?

— Il y en a quelques-uns dans la journée, occupés à divers travaux, mais ils habitent les environs.

— Vous voudrez bien les faire paraître devant moi. J'aurai aussi besoin de la liste exacte de toutes les personnes qui font partie du couvent, à quelque titre que ce soit.

— Je suis toute disposée à mettre à votre disposition le réfectoire et les salles disponibles pour recevoir votre troupe, mais je vous prie de ne pas exiger de pareilles conditions.

— La mission que je remplis le veut ainsi. Je recherche des espions de l'armée de la Loire, et je les prends où je les rencontre.

— Il n'y a aucun espion ici. Je vous le déclare encore, monsieur, il ne s'y trouve que des femmes inoffensives.

— Soit, madame. Veuillez donc faire ouvrir la porte.

Sur l'ordre de la supérieure, la sœur tourière releva la barre de fer qui maintenait les battants de la porte d'entrée.

Les cavaliers pénétrèrent dans la cour et mirent pied à terre.

— Maréchal-des-logis, dit Karl Siffer s'adressant à un des sous-officiers du détachement, les issues sont-elles bien gardées?

— Oui, capitaine.

— Eh bien, mettez-vous à table, camarades.

Toutes les provisions du couvent avaient été apportées pour improviser un repas.

Au bout d'une heure les cavaliers, dont les têtes étaient déjà fortement échauffées, se livraient aux démonstrations les plus bruyantes.

La supérieure avait compté que les exigences de leur chef se borneraient à des réquisitions de vivres, et elle espérait se débarrasser de ses hôtes incommodes au moyen d'une somme d'argent qu'elle se proposait de lui offrir. Les sœurs, ainsi que les femmes et les jeunes filles qui lui étaient confiées, étaient en ce moment réunies à la chapelle, et ne pouvaient entendre les propos et les chansons de cette soldatesque. Le spectacle d'une joie insultante l'affligeait sans pourtant l'émouvoir.

Karl Siffer, voyant ses compagnons en belle humeur, sortit pour donner l'ordre de faire renouveler le poste et les vedettes qui gardaient les issues du couvent. La première personne qu'il aperçut, plantée au milieu de la cour, fut le bon, l'excellent M. Wacksmuth. Jamais le savant professeur n'avait fumé aussi patriarcalement sa longue pipe de Hollande.

— C'est vous? dit Karl Siffer en s'arrêtant devant lui.

— Mon Dieu, oui, Karl, c'est moi.

— Que venez-vous faire ici?

— Te donner un bon conseil.

— Je ne demande jamais de conseils, vieux farceur, mais je suivrai le vôtre, s'il s'accorde avec ma manière de voir.

— Tu en feras ce que tu voudras. Je venais t'informer que je considère ce couvent comme un guêpier.

— Et qui vous le fait supposer?

— Rien, mais j'imagine que les femmes et les jeunes filles de grande maison qui sont ici ne sont pas à la merci d'un coup de main.

— Je ne suis pas de la famille des étourneaux, cher maître, et, de mon côté, je suis à l'abri d'une surprise.

— Deux sûretés valent mieux qu'une, Karl.

— Je me tiens sur mes gardes. Faites comme moi.

La nuit tombait rapidement.

Sœur Sainte-Elisabeth comprit que le moment d'agir était venu. Elle s'approcha du capitaine qui causait avec M. Wacksmuth, et le supplia de se retirer, en lui renouvelant la proposition d'acheter à prix d'or la tranquillité de sa maison.

— Madame, répondit Karl Siffer en s'inclinant, je pourrais être blessé par cette tentative de corruption, mais elle part d'une belle âme, et je la crois inspirée par un sentiment digne de respect.

— Assurément, dit M. Wacksmuth, cette démarche est touchante.

— Je vais, madame, reprit Karl Siffer, vous expliquer la cause qui amène une troupe armée dans ce séjour de paix et de prière. Parmi les personnes auxquelles vous donnez l'hospitalité, il en est deux qui motivent une perquisition minutieuse dans votre maison, et qui doivent être soumises à un interrogatoire. Après les avoir entendues, je jugerai si je dois les laisser ici sur parole, ou m'assurer de leurs personnes pour les déférer aux autorités militaires.

— Toutes les personnes étrangères à la communauté sont en ce moment rassemblées à la chapelle, monsieur. Elles n'ont pas à craindre un interrogatoire public, et c'est là que vous pouvez les interroger.

Karl Siffer éclata de rire.

— Soit, madame. J'ai le droit de les faire comparaître devant moi, mais je n'attache aucune importance à ce détail. Vous pouvez les prévenir que je me rendrai dans l'instant au rendez-vous qui m'est assigné.

La supérieure s'éloigna. Quelques moments après, les hulans quittaient la table pour se rendre à la chapelle.

Trente sœurs, ainsi que le petit nombre de femmes et de jeunes filles qui avait trouvé asile au couvent des Visitandines, priaient agenouillées. L'intérieur de la chapelle, faiblement éclairé, permettait à peine de distinguer les formes vagues qui s'agitaient comme des ombres. Les hulans se pressaient à la porte, sans

14

en avoir encore franchi le seuil. A la vue des faces ignobles dont la curiosité brutale profanait le sanctuaire, elles se levèrent avec effroi et se réfugièrent dans le chœur. En présence d'un danger dont elle n'osait calculer les conséquences extrêmes, la supérieure avait laissé ouverte une petite porte secrète, cachée derrière l'autel, qui communiquait avec son oratoire.

Bientôt une certaine agitation se manifesta à l'extrémité de la nef, suivie de hourras poussés par les cavaliers ivres. C'était le capitaine Karl Siffer qui faisait son entrée à cheval.

Les hulans à pied venaient derrière lui, marchant en rangs serrés et entonnant en chœur un psaume de caserne. Le bon M. Wacksmuth, qui suivait toutes les phases de son expérience, semblait plongé dans une douce béatitude.

La supérieure s'avança à leur rencontre.

Le cheval du capitaine Karl Siffer s'arrêta devant la grille basse qui fermait le chœur.

— Il y a ici la comtesse de Ravigny, dit-il. C'est la femme d'un officier de corps-francs. Je dois m'assurer de sa personne.

La comtesse, Jeanne et le petit Arthur étaient au

milieu des sœurs groupées au pied du maître-autel.

— Si je ne me trompe, continua-t-il, je l'aperçois au milieu des brebis de ce troupeau charmant, en compagnie de la fille du marquis de Dompierre.

Jeanne s'avança, et vint se placer aux côtés de la supérieure, devant la grille du chœur.

— Vous ne vous trompez pas, dit-elle. La comtesse de Ravigny est avec moi.

— La *fourmi noire*, songea M. Wacksmuth.

— Vous êtes brave comme une amazone, mademoiselle, et je vous admire.

— La *fourmi rouge*, murmura le professeur.

— Que voulez-vous ? dit Jeanne.

— Vous interroger respectueusement, mademoiselle, si vous daignez répondre à mes questions.

— J'y répondrai, monsieur, pour ma sœur et pour moi.

— Reconnaissez-vous ceci ? dit Karl Siffer en lui présentant sa lettre.

— Oui.

— C'est donc à votre prière que je dois l'affront qui m'a été fait ?

— Oui.

— Je consentirai à l'oublier et à vous laisser libre, si vous m'accordez une réparation.

— Quelle réparation ?

— La seule qui puisse effacer cette blessure : un baiser.

— Mon frère a épargné votre vie, et, par reconnaissance, vous venez nous insulter dans la maison de Dieu.

— Je ne croyais pas, mademoiselle, que mes paroles devaient être considérées comme une injure.

Il mit pied à terre.

— N'approchez pas, monsieur, dit Jeanne avec tranquillité.

En ce moment, il était debout devant elle. Il se pencha pour ouvrir la grille qui les séparait.

— Jeanne, dit-il avec son ricanement sec, vous ne m'aimerez jamais, mais moi je vous aime jusqu'au crime.

Jeanne étendit le bras. Trois coups de revolver se suivirent presque sans intervalle. Les trois olives de l'arme microscopique touchèrent en pleine poitrine.

Le capitaine Karl Siffer poussa un soupir, chancela les bras ouverts, et roula aux pieds de Jeanne sur les dalles de pierre.

— Vengez votre capitaine! cria M. Wacksmuth. Elle a tué mon fils! Vengez-le!

— Aux sabres! crièrent les hulans, se précipitant en tumulte du fond de la nef. Vengeons le capitaine!

A ces mots, du haut de la galerie de circulation à l'extrémité de laquelle on apercevait l'orgue de la chapelle, partit une série de fortes détonations qui ébranlèrent les voûtes. Les hulans s'enfuirent en tumulte, ignorant à quels ennemis ils avaient affaire. En quelques minutes, toute la troupe prit sa volée, abandonnant ses morts et ses blessés.

. . . .

A la suite de la visite de M. Wacksmuth au château, le marquis de Dompierre, craignant un coup de main sur le couvent des Visitandines, s'y était rendu pour emmener ses enfants et les mettre en sûreté. Ravigny et Jacques Merlin, qui se tenaient cachés à Vernon-sous-Bois depuis la dispersion des éclaireurs de la Loire, l'avaient accompagné. Karl Siffer était arrivé quelques heures après eux.

Une douzaine de hulans avaient été abattus dans la chapelle à coups de fusil et de revolver.

Le baron de Bremoncourt s'était embusqué dans le bois avec une poignée d'hommes déterminés. Au passage des fuyards épouvantés, ils tirèrent à la clarté de la lune, et une vingtaine de cavaliers tombèrent sous leurs balles.

Deux berlines attelées stationnaient à Vernon. Avant que l'éveil pût être donné au quartier-général, le marquis de Dompierre, sa famille et ses amis se mirent en route. Grâce au sauf-conduit qu'il devait à ses anciens hôtes, le marquis put franchir sans encombre les lignes prussiennes, assez rapprochées dans la direction de Bourges.

Karl Siffer était mort.

A ses côtés, son père adoptif, M. Wacksmuth, était étendu mortellement blessé. Après la fuite des cavaliers, sœur Sainte-Elisabeth s'approcha pour donner du secours aux blessés.

— Ne vous occupez pas de moi, ma sœur, dit le bon M. Wacksmuth... Il y a, dans la science, des expériences dangereuses... La combinaison des deux électricités est souvent fatale à l'opérateur... Si les deux sujets avaient été doués à un égal degré de la volonté...

La voix du savant expira dans un soupir.

Une enquête fut ouverte sur le drame qui s'était dénoué au couvent des Visitandines; mais, après avoir instruit cette affaire, les autorités prussiennes ne jugèrent pas à propos de la mener plus loin.

Les dernières notes diplomatiques avaient assez appris aux cabinets européens les singuliers procédés des barbares de la Germanie :

Fils de la race latine, souvenons-nous.

Paris, janvier-février 1872.

FIN.

LE

ROMAN D'UN OFFICIER

LE

ROMAN D'UN OFFICIER

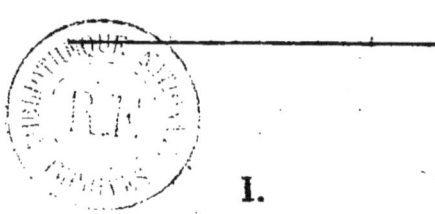

I.

Le 8 mai 1859, un paquebot des Messageries impériales, ayant à son bord des officiers de toutes les armes, entrait dans le port de Gênes au lever du soleil. Le navire n'avait pas encore pris sa position, qu'un canot recevait un jeune lieutenant d'artillerie et le mettait à terre.

A peine débarqué, son premier acte fut d'aller prendre un bain dans une cuvette de marbre, le deuxième de se faire raser, et le troisième d'aller déjeuner à la française sous les orangers du *Café de la Concorde.* Ces trois opérations accomplies, il alluma un cigare, monta dans une voiture, et se fit conduire à travers les rues de la ville.

Après avoir renvoyé son cocher, il se trouva au milieu d'une place, devant l'Annonciation. Il était onze heures du matin; le soleil au zénith tombait d'aplomb.

Moitié par curiosité, moitié pour fuir l'implacable chaleur, il entra dans l'église. A part quelques bonnes femmes en prière et trois fantassins qui se promenaient de front, le nez en l'air, elle était déserte.

Dans le cours de sa promenade, il remarqua, devant une des chapelles latérales, une jeune fille agenouillée. Elle lui parut appartenir à la classe moyenne, bien que sa tête, enveloppée du mezzaro blanc qui retombait sur les épaules, eût un grand air de patricienne. Après l'avoir considérée un certain temps, il fut frappé de l'immobilité de sa physionomie. Comme son régiment avait tenu dix-huit mois garnison à Bastia, il parlait facilement l'italien. Il s'approcha de la Génoise toujours agenouillée, s'assit à côté d'elle et lui dit fort tranquillement :

— Si c'est un cavalier que vous demandez à la Madone, signorina, votre vœu est exaucé.

A cette déclaration, la jeune fille le regarda fixement et, ce regard échangé, elle se leva sans lui répondre, ramena les plis de son mezzaro sur sa poitrine et sortit.

Il la suivit. Une fois hors de l'église, elle se retourna en disant :

— Vous êtes officier français?

— Oui, signorina.

— Quel est votre nom?

— Albert.

— Pourquoi m'avez-vous parlé?

— Par curiosité.

— Que voulez-vous de moi?

— Ce qu'il vous plaira.

— Voulez-vous me rendre un service?

— *Si*, signorina.

— Venez.

Elle prit son bras et le conduisit dans une maison située au-dessus d'un jardin à terrasses superposées en amphithéâtre. De la chambre où ils entrèrent, on apercevait le fer-à-cheval du port et la pleine mer.

La chambre, vaste et claire, meublée avec luxe, offrait une particularité. C'était une Madone en marbre blanc sur un socle noir, devant laquelle brûlait une veilleuse d'argent.

— Monsieur, dit alors la jeune fille au lieutenant Albert, je me nomme Camilla, et voici la prière que j'ai à vous adresser, puisque le hasard nous a ménagé cette rencontre. J'ai un filleul de seize ans, volontaire de Garibaldi, qui doit être en ce moment du côté du Tyrol. Je ne sais comment lui faire parvenir cette bourse qui contient trente louis. Si la campagne dure longtemps, s'il est blessé, cet argent lui serait utile, et j'ai pensé que vous pourriez peut-être le lui faire tenir par la correspondance des armées?

— Volontiers, signorina, et j'espère réussir, répondit l'officier en lui tendant sa carte.

45

— Mon filleul s'appelle Alberto, comme vous. Voici son nom et le numéro de son régiment.

— Merci, signorina, je vous écrirai dès que ma commission sera remplie... Mais avant, j'ai un conseil à vous demander.

— Lequel ?

— Si votre filleul demande comment je vous ai connue?... que puis-je répondre ?

— Seigneur Français, vous avez l'âme délicate d'une femme, et vous direz ce que vous voudrez.

— Je dirai que je vous ai rencontrée dans la maison qui m'a donné l'hospitalité à Gênes ?

— Oui, une église est toujours hospitalière aux étrangers.

— Adieu, signorina.

— Êtes-vous obligé de me quitter tout de suite ?

— Oui, je dois être à deux heures au palais Doria.

— A quelle heure serez-vous libre ?

— A deux heures et demie.

— Me ferez-vous la grâce de venir manger un fruit avec moi ?

— Si je ne vous dérange pas, je serai très-heureux. Oserai-je vous demander mon pardon ?

— Au revoir, seigneur.

— Mille grâces, signorina.

Une heure après, le lieutenant Albert était de retour.

En route, le jeune officier s'était livré à une série de réflexions à perte de vue sur l'originalité de son aventure et la parfaite beauté de Mlle Camilla, lesquelles se résumèrent par la conclusion suivante :

« Mlle Camilla est une jeune personne qui me paraît fort respectable, et il ne faut pas songer à franchir la porte de l'idéal. »

Moyennant quoi, après s'être promis de rester dans les strictes limites de l'hospitalité la plus pure, il s'aperçut qu'il était arrivé.

Il entendit les accords d'un piano :

« *La donn' è mobile.* »

L'air achevé, il frappa à la porte.

Une dame d'un certain âge vint lui ouvrir.

— La signorina vous attendait, dit-elle. Elle a pensé qu'il vous serait plus agréable de faire collation au jardin.

Camilla lui tendit la main. Ils s'assirent sur la terrasse.

— La signora Servoni, dit-elle, est la propriétaire de cette maison. S'il vous plaît de l'habiter pendant votre séjour à Gênes, elle sera heureuse de mettre un appartement à votre disposition.

— J'accepterais sa gracieuse invitation, si je ne craignais d'abuser...

— Vous n'abuserez pas, signor, j'ai prévenu la municipalité que je mettais toutes mes chambres disponibles au service des officiers français.

— Alors, j'accepte avec reconnaissance.

Une heure après, *Pêtre*, l'ordonnance du lieutenant Albert, apportait la malle qui renfermait son bagage de campagne.

II

Trois jours s'écoulèrent dans une intimité familière et platonique. Le jeune officier oublia même de visiter les palais et les monuments de *Gênes la Superbe*.

La veille du jour fixé pour son entrée en campagne, il trouva la signorina Camilla en train de donner du sucre sur la main à son cheval.

— Signorina Camilla, lui dit-il, je pars demain.

— *È vero ?*

— *Si.*

— Vous partez sans regret ? ajouta-t-elle en entrant dans le jardin.

— Dans l'artillerie, signorina, il faut s'habituer aux changements de décor. Je suis absolument dépourvu de sensibilité extérieure. Si je vous dis que je pars le cœur désolé, vous ne le croirez pas. Ce qui me console, c'est que je dois vous être à peu près indifférent.

— J'ai de la reconnaissance, signor. Je n'oublie ni le bien, ni le mal.

— Mon Dieu, signorina, si le service de la poste était régulièrement fait, vous ne songeriez pas à la remercier. Vous m'avez offert l'occasion de vous être agréable, et l'hospitalité que j'ai reçue de vous me laisse encore votre obligé.

— Alors, vous ne voulez pas même du souvenir d'une amie.

— Voulez-vous me permettre de vous parler avec une entière franchise?

— Je vous en prie.

— Je n'accepterai jamais l'amitié d'une femme.

— Et pourquoi?

— Il n'y a rien au monde de plus désagréable. Supposez qu'une femme soit mon amie et me dise : « J'adore M. Alfred, M. Alfred m'adore, nous allons nous épouser. » On a beau faire abnégation de toute jalousie et rester dans les limites de l'amitié, on a beau entasser les réflexions les plus calmes sur les raisonnements les plus concluants, pensez-vous que ces confidences soient de nature à me jeter dans le ravissement? Je suis un étranger pour vous, et je ne vous demande que la plus complète indifférence.

— On ne peut empêcher quelqu'un d'aimer ou de haïr.

— Oui, l'amour ou la haine, mais ce n'est pas de l'amitié.

— Et vous voulez qu'on vous aime, comme cela, du jour au lendemain?

— Je ne parle pas pour moi. Je ne demande jamais que ce qu'on veut me donner. Je dis seulement que le temps ne fait rien à l'affaire. On s'aime ou on ne s'aime pas.

— Tout de suite, dit Camilla en riant.

— Tout de suite.

— Comme vous êtes pressé.

— Je pars demain, et je ne reviendrai pas.

— Eh bien, voyons, supposez que je vous aime.

— Je ne demande pas mieux.

— M'aimeriez-vous, vous?

— Immédiatement.

— Vous jouez avec l'amour, signor.

— C'est que je ne le crains pas.

— Ah!... Et qui vous rend si brave? Avez-vous un passion qui dort dans votre pensée?

— Non, je n'ai point de passion.

— Et qui vous dit que vous n'en aurez pas?

— Mais, vous, signorina.

— Signor, il est impossible de causer très-sérieusement avec vous.

— Je parle sérieusement. Je ne demande qu'à vous aimer.

— Aimez-moi, signor Alberto.

— C'est ce que je fais depuis mon arrivée, avec la plus grande persévérance.

— Et vous avez passé trois jours à Gênes sans la moindre aventure ?

— A moins que les aventures ne soient venues me trouver chez vous, je ne vois pas comment j'en aurais rencontré.

— Vous sortiez quelques heures par jour.

— Le temps d'aller chez mon colonel et de revenir.

— Allons, vous êtes un homme discret.

— Mais non. J'ai eu, en effet, une intrigue.

— Ah ! ah !...

— Oui, j'ai été plusieurs fois suivi par une femme hermétiquement voilée.

— Lui avez-vous parlé ?

— Une fois.

— Que lui avez-vous dit ?

— Je lui ai dit de soulever son voile.

— Eh bien ?

— Elle a refusé.

— Et ensuite ?

— Je me suis laissé suivre. Que vouliez-vous que je fisse contre une persécution, en somme, très-flatteuse ?

— Vous n'avez pas tenté la fortune ?

— Triste fortune, signorina.

— Qui le sait ?... Enfin, signor, vous avez le caractère original.

— C'est bien possible.

— Je ne pense pas que vous ayez refusé cette conquête en mon honneur.

— Eh bien, si.

— Sur votre parole?

— Oui, sur ma parole.

— Merci, signor. Vous avez eu tort, et vous n'auriez rien perdu au change.

— Je ne vois pas ce que j'aurais gagné.

— Oh! rien gagné non plus. C'était moi.

— Ah! c'était vous... Et dans quel but me suiviez-vous?

— C'est mon secret.

— Vous devez avoir une haute idée de ma vertu?

— Je n'en ai jamais douté.

— C'est une question.

— D'ailleurs, vous êtes libre de vos actions.

— A peu près.

— Comment, à peu près?

— Assurément. Je ne m'appartiens pas. J'ai l'ordre de partir demain, on peut me faire partir ce soir, pour aller je ne sais où et faire je ne sais quoi.

— Oh! délivrer un peuple esclave.

— On pourrait aussi bien m'envoyer autre part.

— Voyons, signor, vous ne voulez pas de mon amitié?

— Non.

— Signor?

— Signorina?

15.

— Je m'ennuie beaucoup à Gênes. Je suis d'humeur aventureuse, et j'ai envie de m'en aller avec vous.

— J'en serais ravi, mais je ne vois pas le moyen.

— Il est bien simple. Je m'arrêterai dans les villes.

— Toute seule ?

— Je n'ai rien de plus à craindre qu'ici.

— C'est vrai. Si cela vous distrait, c'est une manière comme une autre de voyager.

La conversation continua sur ce ton familier jusqu'au dîner. Le soir, le lieutenant Albert accompagna Camilla au théâtre *Carlo Felice*, où on donnait l'opéra.

En revenant du théâtre, ils trouvèrent une collation servie et soupèrent seuls sur la terrasse, par une nuit favorisée. On entendait le murmure vague et lointain de la mer légèrement agitée. Les étoiles brillaient dans les profondeurs bleues du ciel pur. Les heures s'envolaient rapides dans un échange de jeunes confidences. Camilla était orpheline et maîtresse d'une petite fortune. Le lieutenant Albert avait sa famille, il était fils unique et adoré, mais ses parents étaient loin d'être riches, et ils avaient dû faire des sacrifices pour subvenir aux frais de ses études à l'école polytechnique. La carrière des armes lui plai-

sait, et il en avait accepté les chances avec philoso-
phie.

— Vous partez dans quelques heures, dit Camilla,
il faut aller prendre du repos.

— Vous-même, signorina?...

— Oh! moi, je ne dormirai pas.

— Permettez-moi donc de vous tenir compagnie.
La vie de campagne a ses fatigues, mais elle a aussi
ses loisirs. Je passerai plus d'une nuit au camp à
fumer mon cigare.

— La chaleur du jour est accablante.

— Oui. Je dors volontiers quelques heures dans la
journée.

L'entretien languissait. L'heure du départ approchait. Leur silence disait assez qu'ils éprouvaient une
secrète sympathie l'un pour l'autre, et qu'ils garde-
raient au fond du cœur autre chose que le banal souvenir d'une rencontre due au hasard. Les étoiles
pâlissaient. Les oiseaux se rassemblaient et saluaient
l'aurore.

— Il faut que je vous quitte un moment, dit Camilla, je vous rejoindrai tout à l'heure dans votre
chambre.

Quelques instants après, elle reparut.

— Tenez, dit-elle, voici un anneau bénit, portez-le pour l'amour de Camilla.

— Merci, signorina.

— Voulez-vous me promettre de m'écrire de temps en temps pour me donner de vos nouvelles. Je vous répondrai.

— Je vous le promets. Je serai heureux de recevoir aussi un souvenir de vous.

— Si vous m'oubliez, je ne vous oublierai pas.

— Camilla, dit le jeune officier, nous ne nous reverrons peut-être plus.

— Ne dites pas cela.

— L'avenir n'est à personne. Oubliez les paroles légères et retenez celles-ci : de près ou de loin, je serai votre ami dévoué.

— Je suis votre amie. Je compte sur vous... Est-ce votre cheval qui fait ce bruit dans la rue ?

— Oui, c'est l'heure, en effet.

Quelques minutes s'écoulèrent. Le lieutenant prit la main de Camilla et la regarda fixement.

— J'ai encore une grâce à vous demander, dit-il.

— Oui, oui.

Il la prit dans ses bras, l'embrassa dans une longue étreinte, sortit précipitamment, sauta en selle et s'éloigna au galop.

Quand il eut disparu, Camilla rentra dans sa chambre et pria la madone.

« Madone, dit-elle, je n'ai que toi au monde. Tu sais que je l'aime. Préviens-moi s'il court quelque danger, pour que je puisse être auprès de lui. »

Ayant dit ces mots, Camilla interrogea le visage de marbre de la madone; il lui sembla qu'un éclair avait glissé sur son front poli, mais c'était, sans doute, un rayon du jour, et elle pleura longtemps ainsi agenouillée.

III

On touchait à la fin du mois de mai, lorsque Camilla reçut la visite d'un officier, blessé à Montebello, qui retournait en France. Il lui remit une bourse pleine d'or et une lettre qui contenait ces mots en italien :

« Mon amie,

« Vous avez pressenti une mauvaise nouvelle avant même d'avoir ouvert cette lettre. Votre filleul est mort en brave dans une rencontre, près de *Casa-Nova*. Il repose dans le cimetière de ce village.

» Je vous aime,

» ALBERT.

» Vous pouvez m'écrire par la poste française de l'armée :

» *Albert, lieutenant d'artillerie, 8e batterie, 2e régiment, 1er corps d'armée.* »

Camilla répondit :

« Mon ami,

» J'ai reçu votre lettre. Dieu vous garde du sort de mon pauvre filleul, et m'épargne une douleur plus cruelle.

» Songez qu'un souvenir de votre main sera cher à Camilla, qui n'a que vous au monde pour ami. Chaque fois qu'un combat sera livré, elle n'aura de repos et d'espoir que si une ligne de son ami lui prouve qu'il est vivant.

» Je vous aime,

» CAMILLA. »

IV

Les événements marchaient avec rapidité. Après les batailles de Magenta et de Melegnano, livrées à quatre jours d'intervalle, Camilla reçut deux lettres l'informant que son ami n'y avait pas pris part.

Un jour, en rentrant, Camilla trouva éteinte la petite lumière qui brûlait nuit et jour aux pieds de la madone de marbre. Frappée au cœur, elle courut s'informer de la direction de l'armée française qui marchait sur Venise. Elle partit le soir même pour Brescia, où elle arriva le 23 juin. Les troupes avaient quitté cette ville le 20. Elles avaient campé le lendemain près de Montechiaro, et se dirigeaient du côté de Peschiera.

Camilla trouva une voiture qui la conduisit à

Montechiaro. Elle arriva le soir. Là, elle apprit que l'armée était à Esenta. Elle partit malgré la nuit.

Au moment où elle approchait du village, il était trois heures du matin. Elle entendit les clairons qui sonnaient le départ. Le camp était levé, et elle put voir les dernières colonnes serpenter sur la route, laissant derrière elles un large sillon de poussière. Sa voiture fut obligée de se ranger pour laisser passer un troupeau de bœufs destinés à l'armée.

— *Dove va?* dit un paysan à son conducteur.

— *A Castiglione.*

— *A Castiglione?*

— *Si.*

— *Fara caldo.*

— Signorina, dit le conducteur, voici encore des troupes derrière nous.

— Laissez-les passer.

C'était un régiment de zouaves, marchant au pas accéléré.

— A qui cette voiture? dit un officier d'ordonnance en arrêtant son cheval.

— Elle est à moi, répondit le conducteur. Je viens de Brescia, et je conduis une dame à Castiglione.

L'officier, posté sur la route pour surveiller le passage, ne comprenait pas l'italien. Il se contenta d'une pantomime qui signifiait dans toutes les langues : « Tourne bride et va-t'en. » Mais, en apercevant la tête de Camilia, il la salua avec une courtoisie respectueuse, fit signe au conducteur d'attendre, puis s'éloigna au galop.

Quelques instants après, il revint avec un interprète de l'armée, et le dialogue suivant s'établit :

— Où allez-vous ?

— Je désirerais rejoindre un officier d'artillerie français.

— Madame, trois armées sont aux prises depuis ce matin. Le bruit lointain que vous entendez d'ici est celui du canon.

— *Santa madona* !... Puis-je du moins me rendre à pied jusqu'à Castiglione ?

— Je ne vous le conseille pas, au milieu d'une bataille.

— Si cet officier est blessé, monsieur, je veux être auprès de lui. Je vous en supplie, dites-moi comment je puis le rejoindre ?

— Madame, si cet officier n'est pas blessé, vous le rejoindrez facilement. S'il est touché, il sera probablement conduit demain à Brescia. Il peut arriver aussi qu'il soit transporté dans quelque ferme ou quelque village autre que Castiglione, car on se bat sur quatre lieues de terrain. Donnez-moi son nom et son régiment, j'aurai de ses nouvelles ce soir même, et je vous enverrai un exprès.

— Oh ! monsieur, pardonnez-moi si je ne trouve pas de mots pour vous remercier.

— C'est moi, madame, qui suis heureux de pouvoir vous servir.

Un bataillon de chasseurs à pied approchait. Ils s'arrêtèrent sur un commandement :

« *Sacs à terre !* »

En un clin d'œil, les sacs étaient rangés sur la route, les sabres étincelèrent au canon des fusils, et les hommes s'élancèrent au pas de course.

Un capitaine d'artillerie accourait à bride abattue. L'officier d'ordonnance lui fit signe d'arrêter, et le dialogue suivant s'échangea rapidement :

— Le nom, madame ?

— Albert, dit l'interprète.

— Quel régiment ?

— Premier corps, deuxième régiment, huitième batterie.

— C'est le mien. Il est engagé. La cavalerie passera ici dans deux heures.

Les deux officiers se saluèrent, et le capitaine partit à fond de train.

— Madame, dit le lieutenant, dans quelques heures, tous les chemins seront encombrés. Je vous engage à partir sans perdre une minute.

— Merci encore, signor. Je retourne à Brescia, hôtel Royal. Veuillez le dire au lieutenant Albert.

— Demain, vous recevrez un exprès. Adieu, madame.

— Dieu vous garde, signor.

V

La nuit tombait lorsque Camilla fut de retour à Brescia. Quelques heures après son arrivée, elle entendit des cris tumultueux. La nouvelle de la victoire de Solferino se répandait dans la ville comme une traînée de poudre.

Camilla passa une nuit d'insomnie. Le lendemain matin, elle se rendit à la municipalité et prit des informations sur l'arrivée des blessés. On lui répondit qu'on pourrait lui indiquer l'hôpital ou la maison particulière où elle verrait l'officier dont elle donnait le nom, au cas où il serait dirigé sur Brescia.

En rentrant à l'hôtel, elle aperçut un artilleur à cheval.

C'était *Pêtre*, l'ordonnance du lieutenant Albert. Elle courut à lui.

— *Pas morto ! pas morto !* cria Pêtre en l'apercevant.

Le brave Pêtre avait trouvé seul le mot de la situation. Seulement, le mot *pas* était français, et Camilla avait deviné avant de l'avoir entendu, à l'air joyeux du soldat qui agitait une lettre.

Voici ce qu'elle lut en italien :

« Je suis très-légèrement blessé au bras gauche, près de l'épaule. Le lieutenant que vous avez rencontré sur la route m'a fait votre commission. Mon ordonnance arrivera quelques heures avant moi, attendu que le docteur m'a défendu de monter à cheval. Vous ne donnerez plus de sucre à mon pauvre *Coco*. Il a reçu une balle qui lui a cassé le jarret.

» J'ai pensé à vous, mais je n'espérais pas vous voir. Tout à l'heure, mon amie, je vous embrasserai.

» Votre ami,

» ALBERT. »

Camilla se sentait folle de joie. Si Pêtre n'était point resté sur sa selle, elle lui aurait sauté au cou au milieu de la rue. Elle le fit descendre et lui dit d'entrer à l'hôtel avec elle. Elle ordonna au *cameriere* de lui ser-

vir ce qu'il aurait de meilleur. Cet ordre donné, elle
regagna sa chambre, fit apporter des oreillers, et se
mit en devoir de réduire en charpie tout ce que sa
malle contenait de mouchoirs de toile.

Les minutes lui semblaient longues comme des
heures. Elle récitait avec volubilité des prières et en
inventait pour remercier la Madone d'avoir sauvé les
jours de son ami cher, *carissimo Alberto, amico del
cuore.*

Enfin, après avoir ouvert vingt fois sa porte, croyant
entendre un bruit signalant l'arrivée de l'officier, il
parut sur le seuil, le bras en écharpe, le visage un peu
pâle, mais avec son sourire ordinaire.

Camilla le fit asseoir et le couvrit de baisers, lui
parlant comme à un enfant, faisant cinquante questions et ne lui donnant pas le temps de répondre.

On frappa à la porte. Elle courut ouvrir.
C'était un chirurgien.

— Bonjour, Albert, dit-il, comment vas-tu?

— Bien, je meurs de faim.

— Tu peux manger... pas beaucoup... à cause de
la fièvre...

— Une égratignure.

— Oui, oui; cette dame entend-elle le français?

— Non, pas un mot.

— Si tu veux me promettre d'être raisonnable, je te laisse ici.

— Va te promener.

— Albert, tu vas me promettre de suivre mes or-donnances.

— Oui, c'est tout à fait convenu.

— D'ailleurs, je vais lui faire savoir à elle-même...

— Eh! non, mon cher, elle est extrêmement ver-tueuse... Ne fais pas cela.

— Donne-moi un peu ta parole.

— Soit.

— Je la garde. Je reviendrai ce soir.

Après avoir serré la main à son ami et salué Ca-milla, le chirurgien se retira.

VI

— Que vous a-t-il dit? interrogea-t-elle en le regardant dans les yeux.

— Il m'a permis de manger. J'ai prodigieusement
faim.

Camilla sonna. Quelques instants après, le lieutenant Albert était devant une table servie. Camilla
lui coupait son pain et lui versait à boire.

— Eh bien, et vous? Vous ne dînez pas avec moi?

— Si, si, tout à l'heure.

Le repas achevé, Camilla s'éloigna pendant que
Pêtre déshabillait son lieutenant et l'aidait à se mettre au lit. Elle revint s'installer à son chevet.

— Camilla, dit-il, vous êtes un ange, mais vous
devez avoir besoin de repos. Pêtre couchera dans ma
chambre.

— Non, je veux veiller.

— Voyons, vous avez fait assez de folies, sans vouloir y ajouter une fatigue inutile.

— Vous êtes fâché que je sois près de vous?

— Non, non, mon amie, mais je vous prie de prendre du repos.

— Je n'ai pas sommeil.

— Je vous en supplie, Camilla. Je vous affirme que je vais dormir. Le chirurgien a changé l'appareil, et je n'ai pas besoin d'être veillé.

— Ce n'est pas pour vous veiller.

— Pourquoi donc, alors?

— Pour vous voir. Il y avait longtemps, cher, que je ne vous avais vu. Et puis, j'ai eu peur de perdre mon ami, ne me dites pas de m'en aller.

— Eh bien, donnez-moi un cigare.

— Souffres-tu beaucoup?

— Non, je n'éprouve pas une douleur plus sensible qu'une légère brûlure.

— Raconte-moi la bataille.

— Oh! la bataille, je n'en sais pas grand'chose, chère enfant. Vous comprenez, on ne voit que ce qui se passe autour de soi. J'étais auprès du général avec une batterie rayée, sur une espèce de petit tertre. *Coco* est tombé.

— *Povero!*

— Je l'aimais beaucoup, mais, enfin, je préférais cela. C'est de l'égoïsme.

— *Caro!*

— Mes pièces manœuvraient toujours. Cela durait depuis assez longtemps. J'avais changé de cheval, et j'espérais que les balles m'oublieraient; mais j'ai été positivement visé par un chasseur tyrolien.

— *Madona!*

— Que voulez-vous? Cet homme n'était pas là pour tirer des perdreaux. C'est Pêtre qui m'a dit que ce Tyrolien m'avait ajusté.

— Trop tard.

— En effet. Je dis au général que j'étais touché. Là-dessus, voilà Pêtre qui lance son cheval et qui tombe sur le chasseur à coups de sabre. Il a, ma foi, rapporté sa montre et sa carabine. Ce n'était pas un moment favorable pour le mettre à la salle de police, d'autant plus que Pêtre a de l'esprit à ses heures. « Mon lieutenant, me dit-il, en voilà un qui ne chantera plus ses *la-i-tou.* »

— Pêtre est un brave soldat.

— C'est aussi mon opinion. Il passera brigadier à la première promotion.

Les femmes ont l'instinct du dévouement. Camilla ne voyait plus que son ami blessé, et elle ne s'apercevait pas qu'elle le tutoyait.

— Raconte encore, ajouta-t-elle, si cela ne te fatigue pas.

— La bataille touchait à sa fin. Le ciel se couvrait

de nuages, et j'ai pu retourner à Castiglione avant la
pluie. Un officier d'ordonnance du maréchal m'attendait de votre part, chère Camilla. Ce matin, on m'a
amené à Brescia en voiture.

— Que t'a dit l'officier ?

— Il m'a trouvé au lit, et m'a dit qu'une adorable
femme courait les chemins pour me voir. Il enviait
beaucoup mon sort.

—Flatteur !

— Non.

— Tu me flattes, je le sais, mais cela me fait plaisir... Pourquoi ne me tutoies-tu pas ? Ne suis-je pas
ton amie ?

Le lieutenant Albert ne put s'empêcher de penser
au chirurgien et sourit.

— Pourquoi ris-tu, cœur de marbre ?

— Rien.

— Tu ne m'aimes pas.

— Si, beaucoup trop.

— Oui, c'est Camilla qui t'aime trop.

— Camilla, je serais un ingrat...

— Je ne te demande pas ta reconnaissance.

— Que veux-tu de moi ?

— Ton cœur en échange du mien.

— Je te le donne.

— Ecoute, tu ne m'aimes pas.

— Si tu m'aimais toi-même, tu comprendrais ma pensée.

— Non, non, tu ris de mon amour.

— Veux-tu que je pleure ?... Au lieu de me faire des reproches...

— Pardonne-moi, cher, je suis folle de bonheur, je ne sais ce que je dis. Si tu veux comprendre les paroles de Camilla, regarde, regarde dans ses yeux.

— Oui, ma parole, je les regarderai. Sais-tu ce qu'ils ont fait, ces deux yeux d'enfant chérie ?

— Quoi ? Parle.

— Eh bien, ils ont fait de moi un assez triste soldat. Je voulais les revoir avant de mourir, et j'avais peur... oui, j'avais peur du feu... Quand j'ai été touché, je me suis avoué que ma conduite était déplorable.

— Oh ! si tu dis la vérité ?...

— Elle est assez désagréable à dire pour être acceptée... Si Camilla voulait accorder une grâce à son ami ?

— Ordonne, parle, que veux-tu ?

— Revoir la maison de Gênes.

— Et je ne pensais pas à cela, cher ! Veux-tu que nous partions demain ?... Mais ta blessure ?...

— Tu lui fais bien de l'honneur, c'est une écorchure de rien du tout...

— Ton médecin viendra demain ; je lui demanderai si je puis t'emmener à Gênes.

16.

— Oui. Pourvu que je sois près de toi, je serai heureux, chère Camilla, mon amie. Mais j'aurai un grand plaisir de revoir ta chambre, ta Madone et ton jardin.

— C'est la Madone, vois-tu, qui m'a avertie qu'il fallait partir.

— Ah!

— Oui, cher, la lampe d'argent s'est éteinte.

— C'est que tu avais oublié, sans doute, de la remplir d'huile.

— Oh! non, ne te moque pas de moi. Sans elle, peut-être ne serais-je pas partie assez tôt.

— Ne me gronde pas, tu es si bonne.

Le lieutenant Albert balbutia encore quelques paroles affectueuses. La fatigue voilait ses yeux, et il s'endormit.

VII

Le lendemain, le chirurgien revint vers midi et renouvela l'appareil. Sur la demande d'Albert, il lui permit de partir pour Gênes, en voyageant à petites journées.

Ils arrivaient à Gênes au moment où l'armée française s'arrêtait aux environs de Peschiera, l'angle le plus rapproché du quadrilatère autrichien qu'il fallait prendre pour délivrer Venise.

Malgré la prière de Camilla, Albert lui exprima la volonté formelle de rejoindre son régiment. Elle lui demanda quinze jours qu'il lui accorda, mais ils n'étaient pas écoulés que l'armistice était signé le 7 juillet et, quatre jours après, suivi du traité de Villafranca.

Le lieutenant Albert reçut alors un congé de convalescence et l'autorisation de rentrer seul en France par les voies de terre ou de mer à son choix.

A la lettre était joint un brevet de chevalier de la Légion d'honneur.

Quand il reçut cette nouvelle, Camilla lui dit :

— Albert, ta mère te sait hors de tout danger, mais elle doit être impatiente de te voir, n'est-ce-pas ?

— Oui, Camilla, toi aussi, tu me donnes mon congé ?

— Oh ! cruel.

— Camilla, c'est toi qui es cruelle.

— Qu'ai-je pu dire ?

— Crois-tu que je puisse me séparer de toi ? Tu m'as amené ici, je t'ai obéi ; aujourd'hui, c'est à toi de me suivre. Si tu connaissais le français comme je connais l'italien, tu pourrais lire toi-même ce passage de la lettre de ma mère que j'ai reçue ce matin :

« Nous serions bien heureux si cette jeune fille t'accompagnait. Ton père a été au ministère de la Guerre, ta nomination est signée. Je suis heureuse de te voir quitter l'armée active. Nous ne te l'aurions pas demandé, mais ton père le désirait aussi. Mon pauvre Albert, tu verras comme tu seras content de vivre de la vie de famille, et je me réjouis en espérant être bientôt grand'mère... »

Tu vois, c'est un conte de fées...

— Te marier ?... Avec qui, sainte Madone ? murmura Camilla.

— Avec toi.

— Jure !

— Je jure... Jure aussi !

— Ah ! cher, comment te dire comme je t'aime ?

— Si tu veux être une petite femme tout à fait adorable, tu apprendras à me le dire en français.

— *Lo so, Alberto... je... t'aime...*

— C'est charmant. Embrasse-moi.

Paris, 1867.

TABLE DES CHAPITRES.

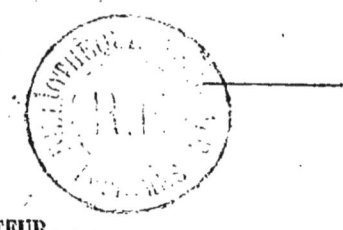

FIN DE LA TABLE.

PARIS. — IMPRIMERIE DE E. DONNAUD, RUE CASSETTE, 9.

EN VENTE A LA LIBRAIRIE DENTU

COLLECTION GRAND IN-18 A 3 FRANCS. — PUBLICATIONS

Amédée Achard	La Vie errante
Gustave Aimard	La Forêt vierge
Albéric Second	La Semaine des quatre jeudis
Xavier Aubryet	Les Patriciennes de l'amour
Assollant	L'Aventurier
—	Un Millionnaire
Audenard	L'Homme de quarante ans
Augu	L'Abbesse de Montmartre
N. Baudry	La Fin du monde civilisé
Adolphe Belot	Mademoiselle Giraud
—	L'Article 47
Élie Berthet	Le Gouffre
A. Bouvier	Auguste Manette
J. Claretie	Noël Rambert
L. Colet	Les derniers Marquis
—	Les derniers Abbés
Csse Dash	Quant l'esprit vient aux filles
E. Daudet	Le prince Pogoutzine
—	Jean le Gueux
Alphonse Daudet	Les aventures de Tartarin
Ch. Deslys	Henriette
E. Enault	Mademoiselle de Champrosay
—	L'Amour à vingt ans
P. Féval	Le quai de la Ferraille
—	La Tache rouge
—	Les Compagnons du trésor
Gaboriau	La Vie infernale
—	La Clique dorée
—	Monsieur Lecoq
Gonzalès	La belle Novice
—	Les Gardiennes du trésor
Gontran Borys	Les Paresseux de Paris
Léon Gozlan	La Vivandière
Charles Joliet	Mademoiselle Chérubin
H. de Kock	La Fille d'un de ces Messieurs
Charles Monselet	Les frères Chanlemesse
F. de Musset	La Chèvre jaune
L. Noir	Le Roi des chemins
Nicolardot	Histoire de la Table
Victor Perceval	La marquise de Douhault
Ponson du Terrail	Les Mystères des Bois
—	Les Voleurs du grand monde
—	Les amours d'Aurore
E. Serret	Rancunes de femmes
A. Ségalas	Les Magiciennes d'aujourd'hui
Pierre Zaccone	Les Drames de l'International

PARIS — IMPRIMERIE DE E. DONNAUD, RUE CASSETTE, 9

www.ingramcontent.com/pod-product-compliance
Lightning Source LLC
Chambersburg PA
CBHW052003020726
47501CB00004B/977